ヒロシマをのこす

平和記念資《し》料《りょう》館《かん》をつくった人・長《なが》岡《おか》省《しょう》吾

長岡省吾（ながおか　しょうご）

地質学者《ちしつがくしゃ》、広島平和記念資料館《しりょうかん》初代館長。1901（明治34）年８月11日、ハワイ生まれ。幼少期《ようしょうき》に父親の故郷《こきょう》である広島県佐伯郡《さえきぐん》玖波町《くばちょう》（現在《げんざい》の広島県大竹市玖波《おおたけしくば》）に戻《もど》る。10代で単身、満州《まんしゅう》（現在《げんざい》の中国東北部）に渡《わた》り、地質学《ちしつがく》を修《おさ》める。以後、地質調査《ちしつちょうさ》の業務《ぎょうむ》を通して陸軍特務《とくむ》機関、哈爾濱《ハルビン》博物館、地質学鉱物《ちしつがくこうぶつ》研究所などに勤務《きんむ》ののち、日本に帰国。1944（昭和19）年から1947（昭和22）年まで、広島文理科大学（現在《げんざい》の広島大学）地質学《ちしつがく》教室に勤務《きんむ》。嘱託《しょくたく》で地質学《ちしつがく》の実地指導《しどう》を担当《たんとう》した。原爆《げんばく》投下の翌日《よくじつ》、爆心地《ばくしんち》近くで、石の表面が溶《と》けて針《はり》のムシロのようになっているのを発見、「この未知の現象《げんしょう》を科学的に究明するのが自分の使命」と誓《ちか》う。以後、廃墟《はいきょ》の中を歩き回って、原爆《げんばく》にあった瓦《かわら》や石などの被爆資料《ひばくしりょう》の収集《しゅうしゅう》と調査《ちょうさ》を続ける。爆心地《ばくしんち》の特定にも貢献《こうけん》した。1955（昭和30）年、広島平和記念資料館《しりょうかん》の開設《かいせつ》と同時に、初代館長に就任《しゅうにん》。1962（昭和37）年に退職《たいしょく》するまで、現在《げんざい》の資料館《しりょうかん》の基礎《きそ》の確立《かくりつ》に大きな足跡《そくせき》を残す。1973（昭和48）年２月１日、死去。享年《きょうねん》71。

（長岡省吾収集　広島平和記念資料館提供）

もくじ

資料館《りょうかん》本館と慰霊碑《いれいひ》、原爆《げんばく》ドームは一直線上に位置するように設計《せっけい》されている。（井手三千男撮影　広島平和記念資料館提供）

中央が広島平和記念資料館《しりょうかん》本館。向かって右側が資料館《しりょうかん》の東館、左側は国際《こくさい》会議場。本
の真正面（建物の向こう側）には、原爆死没者慰霊碑《げんばくしぼつしゃいれいひ》があり、その奥《おく》には原爆《げんばく》ドームが見え

プロローグ

広島平和記念資料館《しりょうかん》——。

この場所には、毎日、日本国内はもとより、海外からもたくさんの人が訪《おとず》れている。大人も子どもも、男性《だんせい》も女性《じょせい》も、日本人もアメリカ人も、中国人も韓国人《かんこくじん》も、フランス人もイタリア人も……。来館者はみんな、館内に展示《てんじ》されたものを真剣《しんけん》な眼差《まなざ》しで見つめ、そして、あの日に思いを巡《めぐ》らせる。

一九四五（昭和二〇）年八月六日、午前八時一五分。

広島の上空で、一発の原子爆弾《ばくだん》（原爆《げんばく》）が炸裂《さくれつ》した。

立ちのぼる巨大《きょだい》なきのこ雲。

その下では、想像《そうぞう》を絶《ぜっ》することが起きていた。

爆風《ばくふう》と強烈《きょうれつ》な熱線とで建物は砕《くだ》けて倒《たお》れ、またたく間に猛火《もうか》に包まれた市街地は、一瞬《いっしゅん》にしてあとかたもなく焼け落ちた。

爆心地《ばくしんち》（爆発《ばくはつ》の中心直下の地点）近くで激《はげ》しい熱線をあびた人たちは瞬時《しゅんじ》にして焼かれ、すさまじい風で吹《ふ》き飛《と》ばされて骨《ほね》はバラバラに砕《くだ》け散《ち》った。

崩《くず》れた建物の下敷《したじ》きになったまま迫《せま》り来る炎《ほのお》に包まれて焼死《しょうし》した人、大やけどをした体で水を求めてさまよい、誰《だれ》にも看取《みと》られずに路上や川辺で息絶《いきた》えた人、その日は運良く生き延《いの》びても、*1原爆症《げんばくしょう》などによってのちに命を落とした人……。

たった一発の爆弾《ばくだん》によって、どれほど多くの命が奪《うば》われたことだろう。

あの日、広島の空で弾《はじ》けた原爆《げんばく》は、その威力《いりょく》をもってして、はかり知れないほどの悲劇《ひげき》を、広島の街に、広島の人々に、もたらしたのだった。

広島平和記念資料館《しりょうかん》、通称《つうしょう》・原爆資料館《げんばくしりょうかん》は、原爆《げんばく》の恐《おそ》ろしさを、それが引き起こした悲惨《ひさん》すぎる現実《げんじつ》を、私《わたし》たちに静かに訴《うった》えかける博物館だ。

針《はり》が八時一五分を差したまま止まった懐中《かいちゅう》時計、グニャリと曲がったガラスのびん、表面が泡立《あわだ》った石や瓦《かわら》、炭化して真っ黒になったご飯が入る弁当箱《べんとうばこ》、フレームが溶《と》けたメガネ、人の影《かげ》が焼きつけられた石段《いしだん》、焼《や》け焦《こ》げてボロボロになったワンピース、血のしみあとがついた学生服……。

一九四五（昭和二〇）年八月六日に何が起きたのか。

資料館《しりょうかん》に展示《てんじ》された品々を前にした人たちは、想像《そうぞう》を巡《めぐ》らせ、そのとき、その場にいた人々のことを思う。

怖《こわ》かっただろう、熱かっただろう、痛《いた》かっただろう、苦しかっただろう、もっと生きたかっただろう、さぞかし無念だっただろう……。

来館者は、犠牲者《ぎせいしゃ》に思いをはせ、それぞれが、その人なりの〝何か〟を胸《むね》に深く刻《きざ》んで資料館《しりょうかん》をあとにする。

人類史上初めて、原子爆弾《ばくだん》という核兵器《かくへいき》を使われて破壊《はかい》された広島は、平和都市として見事に再生《さいせい》し、今、〝ヒロシマ〟として世界中で知られている。そのヒロシマにある平和記念資料館《しりょうかん》もまた、原爆《げんばく》の真実を伝える博物館として、やはり世界的にその名をとどろかせている。

インドの*2ネール首相《しゅしょう》、ローマ教皇《きょうこう》*3ヨハネ・パウロ二世、*4マザー・テレサ、*5ダライ・ラマ一四世など、これまでに、世界の要人もたくさん訪《おとず》れている。アメリカの現役《げんえき》大統領《だいとうりょう》として初めて広島の地を踏《ふ》んだ*6オバマ大統領《だいとうりょう》もそのひとりだ。二〇一六（平成二八）年の彼《かれ》の来館によって、資料館《しりょうかん》はますます世界に知られるようになった。

しかし、その資料館《しりょうかん》が、ほとんどひとりの人物によってつくられたということを、知っている者がどれほどいるだろう。

あまり知られていない事実だが、ここは、たったひとりの地質学《ちしつがく》者の執念《しゅうねん》とも呼《よ》べる、確《かく》たる信念によって誕生《たんじょう》した場所だ。この人の熱い思いがあったからこそ、今、こうして平和記念資料館《しりょうかん》が存在《そんざい》しているのである。

その人物の名前は、長岡省吾《ながおかしょうご》。

原爆《げんばく》投下の翌日《よくじつ》、広島で、地質《ちしつ》学者の目線で爆弾《ばくだん》の脅威《きょうい》を思い知った長岡《ながおか》は、瓦《が》礫《れき》の街を歩き回り、石や瓦《かわら》など原爆《げんばく》の爪《つめ》あとが刻《きざ》まれたものを収集《しゅうしゅう》し続けた。

そんな長岡《ながおか》の体は、市内に残っていた残留放射線《ざんりゅうほうしゃせん》*7をあびたことが原因《げんいん》か、だんだんとむしばまれていく。街中を歩き回るうち、鼻血が止まらなくなったり、原因《げんいん》不明の高熱に襲《おそ》われたりするようになったのだ。

それでも彼《かれ》は、原爆《げんばく》の痕跡《こんせき》が残る品々を集めることをやめようとはしなかった。

この長岡《ながおか》の行動が、資料館《しりょうかん》の原点だ。

この人がいなかったとしたら、現在《げんざい》の資料館《しりょうかん》は、ない。

長岡省吾《ながおかしょうご》という人は、資料館《しりょうかん》の誕生《たんじょう》に欠かせない存在《そんざい》なのである。

なぜ、彼《かれ》は原爆症《げんばくしょう》に苦しみながらも、被爆《ひばく》した品々の収集《しゅうしゅう》を続けたのか。そこには、どんな思いがあったのか。

長岡省吾《ながおかしょうご》を突《つ》き動《うご》かしていたものとは——。

*1 **原爆症《げんばくしょう》**……原爆《げんばく》の爆風《ばくふう》、熱線、放射線《ほうしゃせん》などで生じた健康被害《ひがい》のこと。やけどなどの外傷《がいしょう》のほか、全身的な機能《きのう》低下や発育不全、悪性腫瘍《あくせいしゅよう》（がん）などがある。

*2 **ネール首相《しゅしょう》**……ガンディーとともにインド独立《どくりつ》運動を指導《しどう》。一九四七年にイギリスからの独立《どくりつ》を達成したインドの初代首相《しゅしょう》に就任《しゅうにん》。一九五七（昭和三二）年広島を訪問《ほうもん》。一九六四年、七四歳《さい》で死去。

*3 **ヨハネ・パウロ二世**……第二六四代のローマ教皇《きょうこう》。一九七八年から、八四歳《さい》で亡《な》くなる二〇〇五年まで在位《ざいい》した。広島訪問《ほうもん》は一九八一（昭和五六）年。

*4 **マザー・テレサ**……インドで活動したカトリック教会の修道女《しゅうどうじょ》（一九一〇―一九九七年）。すべての貧《まず》しい人たちに援助《えんじょ》の手を差《さ》し伸《の》べるという、その姿勢《しせい》は、全世界で称賛《しょうさん》された。一九八四（昭和五九）年広島訪問《ほうもん》。

*5 **ダライ・ラマ一四世**……世界的に有名な仏教指導者《ぶっきょうしどうしゃ》のひとりで、チベット仏教《ぶっきょう》最高位者（一九三五年―）。広島には一九八〇（昭和五五）年の訪問《ほうもん》から合計四回訪《おとず》れている。

*6 **オバマ大統領《だいとうりょう》**……アメリカ合衆国《がっしゅうこく》第四四代大統領《だいとうりょう》（任期《にんき》は二〇〇九年一月二〇日―二〇一七年一月二〇日）。二〇一六（平成二八）年、アメリカの現役大統領《げんえきだいとうりょう》として初めて広島を訪問《ほうもん》し、世界中から注目された。

*7 **残留放射線《ざんりゅうほうしゃせん》**……原爆《げんばく》が爆発《ばくはつ》して一分以内に瞬間的《しゅんかんてき》に放出される放射線《ほうしゃせん》を〝初期放射線《ほうしゃせん》〟と呼《よ》ぶ。爆発《ばくはつ》と同時に発生する火球から放たれる初期放射線《ほうしゃせん》は、強い力を持ち、近距離《きんきょり》での被爆《ひばく》では人体に致命的《ちめいてき》な影響《えいきょう》を与《あた》える（遠《えん》距離被爆《きょりひばく》では線量が低くなるため致命的《ちめいてき》ではない）。これに対して、初期放射線《ほうしゃせん》にさらされた土や建物、雨などの放射性降下物《ほうしゃせいこうかぶつ》（大気中の放射性物質《ほうしゃせいぶっしつ》が地上に降《お》りてきたもの）から出た放射線《ほうしゃせん》を〝残留放射線《ざんりゅうほうしゃせん》〟と呼《よ》ぶ。初期放射線《ほうしゃせん》ほどではないものの、やはり人体には悪影響《あくえいきょう》を及《およ》ぼす。

※本文中、長岡省吾氏をはじめとする一部の登場人物、および掲載写真の撮影者、資料寄贈者の方々の敬称を略させていただきます。
※本書は事実にもとづくノンフィクション作品ですが、取材をもとにした著者の推測部分も一部含まれています。

第一章
あの日、あのとき

広島全滅《ぜんめつ》の噂《うわさ》

ドン!!

ある夏の日、長岡省吾《ながおかしょうご》は大きな爆音《ばくおん》で目を覚ます。よく晴れた朝だった。

地質《ちしつ》学者の長岡《ながおか》は、広島文理科大学（現在《げんざい》の広島大学）の*1嘱託《しょくたく》として、学生たちに地質鉱物学《ちしつこうぶつがく》の実地指導《しどう》をしていたが、このときは、山口県の上関町《かみのせきちょう》にいた。

大日本帝国《ていこく》陸軍の*2暁《あかつき》部隊に依頼《いらい》され、何日か前から、文理科大の助教授《じょきょうじゅ》らと一緒《いっしょ》に、地質調査《ちしつちょうさ》に来ていたのだった。上陸用の軍の船舶《せんぱく》を、海沿《うみぞ》いの岩場に隠《かく》すトンネルを掘《ほ》るための調査《ちょうさ》だった。上関《かみのせき》は、広島から七〇キロメートルほど離《はな》れた海辺の町だ。

「ん？」

旅館の布団《ふとん》の中で時計を見ると、針《はり》は八時一五分を差していた。

長岡《ながおか》は早起きのほうだった。いつもならとっくに起きている時間だったが、連日の調査《ちょうさ》で疲《つか》れていたのだろう。その日は、八時過《す》ぎてもまだうとうとしていたのだ。

「朝も早《はよ》うから、軍の爆薬《ばくやく》でトンネル掘《ほ》りが始まったんかいのぉ。」

夢《ゆめ》うつつにそんなことを思っていると、朝食を持って現《あらわ》れた当番兵が不審《ふしん》な顔つきで言った。

「岩国《いわくに》方面に大きな火柱が上がり、目下、燃焼《ねんしょう》しております。」

岩国《いわくに》は、広島と上関町《かみのせきちょう》のちょうど中間あたりにある山口県に属《ぞく》する都市の名だ。

「どうしたことじゃろうか……。」

心配になって、食事もそこそこに部屋を飛び出し、広島方面の空を仰《あお》ぎ見《み》た長岡《ながおか》の目に映《うつ》ったのは、真っ黒な入道雲が大空を覆《おお》う、不気味な光景だった。

「いったいこりゃあ、どういうことになっとるんじゃろうかのぉ?」

爆音《ばくおん》や火柱の正体がわからず、不安を抱《かか》えたまま、前日と同じように、長岡《ながおか》は、仲間とともに地質調査《ちしつちょうさ》に出かけたのだが……。

「広島は陸軍の事故《じこ》によって火薬庫が大爆発《だいばくはつ》し、甚大《じんだい》な被害《ひがい》が出ている。」

「広島でガスタンクが大爆発《だいばくはつ》した。」

「広島市全滅《ぜんめつ》。」

船で島から島へと渡《わた》って調査《ちょうさ》をしていると、次々に悪い噂《うわさ》が飛《と》び込《こ》んでくる。


広島市は、中国山地に源《みなもと》を発する太田《おおた》川の清流が七本[*3]に分かれて瀬戸内海《せとないかい》に注ごうとするデルタ[*4]地帯に発達した都市だ。

江戸《えど》時代から、浅野藩《あさのはん》四二万石の城下町《じょうかまち》として栄え、中国地方では中心的な都市だったが、一八九四（明治二七）年の日清戦争の際《さい》[*5]に大本営《だいほんえい》が置かれてからは、軍[*6]都として発達していった。太平洋戦争の最中には、第二[*7]総軍《そうぐん》司令部が置かれ、東京と並《なら》んで本土防衛《ぼうえい》の重要な基地《きち》になっていた。

一九四五（昭和二〇）年。戦火が激《はげ》しくなり、同年三月の東京大空襲《だいくうしゅう》を皮切りに、全国の主要な都市は次々とアメリカの戦闘機《せんとうき》によって空爆《くうばく》されていた。しかし、軍都で、いつ攻撃《こうげき》されてもおかしくないはずなのに、なぜか、広島にはさほど大きな空襲《くうしゅう》もなく、まるでここだけ忘《わす》れ去《さ》られたかのような日々が続いていた。

「広島は昔からの移民《いみん》県で、アメリカにも広島出身の日系人《にっけいじん》がようけおるけぇ、大目に見られとるんじゃろう。」

「広島は*8安芸《あき》門徒が多い宗教《しゅうきょう》都市じゃけぇ、空襲《くうしゅう》されんのじゃろう。」

　市民の間では、こんなふうにささやかれることもあった。

　その広島に何か大変なことが起きているらしい……。

　長岡《ながおか》の勤務先《きんむさき》である広島文理科大学には*9中国地方総監《そうかん》府が置かれたばかりで、この大学が空襲《くうしゅう》されるのは時間の問題だろうとも言われていた。

「広島はどうなっとるんか？　大学は？　無事なんか？」

　火薬庫が爆発《ばくはつ》した。いや、爆発《ばくはつ》したのはガスタンクらしい。どっちにしても広島は全滅《ぜんめつ》したらしい……。次々と耳に入ってくる不確《ふたし》かな情報《じょうほう》に、長岡《ながおか》はいても立ってもいられなくなった。

いつも通りの朝

その日、広島市の人々は落ち着かない朝を迎《むか》えていた。

前夜から空襲警報《くうしゅうけいほう》*10が何度か発令され、そのたびに市民は、近くの防空壕《ぼうくうごう》や指定された避難《ひなん》場所へ逃《に》げ込《こ》んでいた。しかし、ようやく、明け方になって少し落ち着いたため、いったん家に戻《もど》り、すぐに避難《ひなん》できる服装《ふくそう》のまま、横になってまどろみかけた。と、そのとき、また、空襲警戒警報《くうしゅうけいかいけいほう》*11のサイレンで叩《たた》き起《お》こされたのだ。

「敵機《てきき》B29*12四機が広島市西北方上空を旋回《せんかい》中。」

午前七時九分、ラジオは報《ほう》じたが、七時三一分に警報《けいほう》は解除《かいじょ》された。アメリカ軍機は、広島上空一万メートルに接近《せっきん》したが、何の爆撃《ばくげき》も行わずに退去《たいきょ》したからだ。

「中国軍管区*13内上空に敵機《てきき》なし。」

ラジオは放送した。

「やっぱり〝定期便〟じゃったんじゃね。」

その頃《ころ》、敵機《てきき》による午前中の偵察《ていさつ》は毎日のことだったため、多くの市民は、それを〝B29の定期便〟と呼《よ》んでいた。

「まぁ何事もなくて良かった、良かった……。」

広島市民の誰《だれ》もが、前夜からの緊張《きんちょう》を解《と》いてホッとひと息つき、いつもの通り、それぞれが、それぞれの〝持ち場〟についた。

防空壕《ぼうくうごう》や指定避難《ひなん》場所から帰宅《きたく》して遅《おそ》い朝食をとる人たち。家族を送り出して食事の後片《あとかた》づけをする主婦《しゅふ》たち。家の庭で無邪気《むじゃき》に遊び回る幼《おさな》い子どもたち。

この日は月曜日で、前日の日曜日に妻子《さいし》らが疎開《そかい》している郊外《こうがい》の地域《ちいき》を訪《たず》ねていた人々も仕事のために市内に帰ってきており、このとき職場《しょくば》へ急ぐ人たちも多かった。市内を走る路面電車の車両はどれも、通勤客《つうきんきゃく》で満員だった。

広島に、いつも通りの活気ある一日が始まろうとしていた。

市内では、この日、大規模《だいきぼ》な*14建物疎開《そかい》が行われることになっていた。

建物疎開《そかい》とは、空襲《くうしゅう》によって火災《かさい》が周辺に広がるのを防《ふせ》ぐために、あらかじめ建物を取《と》り壊《こわ》して防火《ぼうか》地帯をつくることだ。

この作業に当たることになっていた国民学校高等科[*15]や中等学校[*16]一、二年生を中心とする多くの生徒たちが、指定された現場《げんば》に続々と集合しつつあった。

広島市の上空は澄《す》み渡《わた》り、雲ひとつなかった。

夏の太陽がジリジリと照りつける、蒸《む》し暑《あつ》い朝だった。

それぞれのあのとき

市民がいつも通りの一日を始めようとしていた頃《ころ》、広島市の上空に飛行機が小さく見えた。真夏の強い日差しを受け、銀色の翼《つばさ》がまばゆいばかりに輝《かがや》いていた。

少し前に空襲警戒警報《くうしゅうけいかいけいほう》が解除《かいじょ》になったばかりだったし、それぞれが自分の持ち場についていたこともあり、飛行機に気づいた市民はそう多くはなかった。しかし、ほんのひと握《にぎ》りの市民は、その飛行機からキラキラと光る物体が落ちるのを、見た。

ときをほぼ同じくして、ＮＨＫ広島中央放送局では、突如《とつじょ》、警報《けいほう》発令合図のベルが鳴った。このベルは、軍管区司令部から敵機《てきき》による空襲《くうしゅう》などの情報《じょうほう》が入ったときに、それをアナウンサーに知らせるためのものだ。情報《じょうほう》をキャッチした担当《たんとう》のアナウンサーは、すぐさま放送スタジオに飛《と》び込《こ》み、原稿《げんこう》を読み上げた。

「中国軍管区情報《じょうほう》！　敵《てき》大型三機、西条《さいじょう》（広島市の東隣《ひがしどなり》・賀茂《かも》郡西条町《ぐんさいじょうちょう》＝現在《げんざい》の東広島市西条町《さいじょうちょう》）上空を——。」

すべてを読み終わらないうちに、アナウンサーは、メリメリッというすさまじい音を耳にし、自分がいた鉄筋《てっきん》の建物がグラッと傾《かたむ》くのを感じ、そして、体がふわっと宙《ちゅう》に浮《う》き上《あ》がるのがわかった。

同じとき、広島市役所本庁舎《ほんちょうしゃ》内にいた職員《しょくいん》の女性《じょせい》は、いきなり、目もくらむような閃光《せんこう》を見る。思わず、「あっ」と叫《さけ》んで身を縮《ちぢ》めるやいなや、ゴーっというものすごい地響《じひび》きを聞いた。無意識《むいしき》のうちに机《つくえ》の下に潜《もぐ》ろうとしたが、爆風《ばくふう》が襲《おそ》いかかり、窓《まど》ガラスや本箱、机《つくえ》などが激《はげ》しく壊《こわ》れる音とともに、跳《は》ね飛《と》ばされて意識《いしき》を失った。

市内の国民学校に通う一〇歳《さい》の少年は、朝礼までの時間を潰《つぶ》すために教室でオルガンを弾《ひ》いていたとき、突然《とつぜん》、白い光に覆《おお》われた。続いて、ドドーンという大音《だいおん》響《きょう》とガラガラと校舎《こうしゃ》が倒《たお》れるような音を耳にする。同時に、巨大《きょだい》な金槌《かなづち》で背中《せなか》を何度も叩《たた》かれたような感じがして、そのあとは、何もわからなくなった。

広島赤十字病院に入院していた海軍見習士官は、病室の窓《まど》から、一度に大量のマグネシウムを燃焼《ねんしょう》させたような閃光《せんこう》を見た。瞬間《しゅんかん》、ロケット[*17]弾《だん》の直撃《ちょくげき》を受けたかと思うほど激《はげ》しい空気の振動《しんどう》を感じる。その途端《とたん》、病室のガラス戸が顔面に向けて吹《ふ》き飛《と》んでくるのが目に入り、とっさにベッドの下に潜《もぐ》り込《こ》んだ。

ある国民学校の教師《きょうし》は、学校の廊下《ろうか》を歩いていた。かすかに飛行機の爆音《ばくおん》を聞いたようにも思ったけれど、空襲警戒警報《くうしゅうけいかいけいほう》が解除《かいじょ》されたばかりだったこともあって気にも留《と》めなかったのだが……。次の瞬間《しゅんかん》、橙色《だいだいいろ》の火の玉が落ちたような、雷《かみなり》の稲妻《いなずま》のような、ものすごい光に目を射《い》られたかと思うと、天が裂《さ》けそうなほどの爆《ばく》音《おん》が脳天《のうてん》に響《ひび》き、全身を棍棒《こんぼう》で打ちのめされるように床《ゆか》に叩《たた》きつけられて――。

あの瞬間《しゅんかん》を体験した広島市民は、誰《だれ》もが、まさに自分のいるその場所がピンポイントで攻撃《こうげき》されたと思ったほどだった。それほど、それぞれがみんな激《はげ》しい衝撃《しょうげき》を受けたのだ。だが、もしそうだとしたら、あのとき、広島市民の数だけ爆弾《ばくだん》が落ちたことになるが、もちろん、そんなはずはない。

広島市の上空でアメリカ軍機が落とした物体はひとつだけ。広島の街と、広島市民をメチャクチャに破壊《はかい》したのは、たった一発の爆弾《ばくだん》だった。

一九四五（昭和二〇）年八月六日、午前八時一五分――。

広島市の上空で、人類史上初の原子爆弾《ばくだん》が炸裂《さくれつ》した。

原爆《げんばく》投下、直後の衝撃《しょうげき》

Ｂ29爆撃機《ばくげきき》エノラ・ゲイ*18が高度九六〇〇メートルから投下した原爆《げんばく》は、広島市の上空およそ六〇〇メートルの空中で爆発《ばくはつ》した。

その瞬間《しゅんかん》、目もくらむような閃光《せんこう》が放たれ、灼熱《しゃくねつ》の火球が出現《しゅつげん》した。中心温度が摂氏《せっし》一〇〇万度を超《こ》えるそれは、発生の一秒後には最大直径二八〇メートルに膨《ふく》らみ、一〇秒ほど上空で輝《かがや》きながら、強力な熱線を放射《ほうしゃ》した。

熱線は、初めの三秒間がもっとも強烈《きょうれつ》で、爆心《ばくしん》の地表は、瞬間的《しゅんかんてき》に三〇〇〇度から四〇〇〇度（鉄が溶《と》ける温度は約一五〇〇度）に達した。

爆心《ばくしん》から一・二キロメートル以内は灼熱地獄《しゃくねつじごく》になった。人、動物、家、車、電車、樹木《じゅもく》……と、あらゆるものに瞬時《しゅんじ》に火がついた。爆心地《ばくしんち》の近くにいた人々は、この強い熱線で内臓《ないぞう》は蒸発《じょうはつ》し、体は一瞬《いっしゅん》のうちに燃《も》え尽《つ》きてしまう。

一・八〜二キロメートルの地点でも、人の着ていた衣服や干《ほ》していた洗濯物《せんたくもの》に着火した。爆心地《ばくしんち》から三・五キロメートル離《はな》れたところにいた人でさえ、爆発《ばくはつ》時に放《ほう》射《しゃ》された熱線によって、やけどを負った。

火球からは、強烈《きょうれつ》な熱線とともに、大量の放射線《ほうしゃせん》が地上に降《ふ》り注《そそ》がれた。爆心地《ばくしんち》から一キロメートル以内で直接《ちょくせつ》この放射線《ほうしゃせん》をあびた人の多くは、数日のうちに死亡《しぼう》した。

爆発《ばくはつ》の直後に出る放射線《ほうしゃせん》は、さまざまな物質《ぶっしつ》を透過《とうか》する強い力を持ち、頑丈《がんじょう》なコンクリートの厚《あつ》い壁《かべ》があったとしても、完全にさえぎることは不可能《ふかのう》だ。

そのため、建物の中にいた人も、爆心地《ばくしんち》から近かった場合は、放射線《ほうしゃせん》の致命的《ちめいてき》な影響《えいきょう》を受けた。

原爆《げんばく》の炸裂《さくれつ》と同時に、爆風《ばくふう》も吹《ふ》き荒《あ》れた。

爆発点《ばくはつてん》は数十万気圧《きあつ》という高圧力《こうあつりょく》が生じ、周囲の空気が急激《きゅうげき》に大きく膨《ふく》らんで衝《しょう》撃波《げきは》が発生し、そのあとを追って、すさまじい爆風《ばくふう》が吹《ふ》き抜《ぬ》けたのだ。

これにより、爆心地《ばくしんち》から半径二キロメートルまでの地域《ちいき》では、木造《もくぞう》の建物のほとんどすべてが壊《こわ》された。崩壊《ほうかい》をまぬがれた鉄筋《てっきん》コンクリートの建物も、窓《まど》や中の家具などが吹《ふ》き飛《と》ばされて大きな被害《ひがい》を受けた。

破壊《はかい》された建物の天井《てんじょう》や壁《かべ》は、人々の上に覆《おお》いかぶさり、体を押《お》し潰《つぶ》したり、生《い》き埋《う》めにしたりした。砕《くだ》け散《ち》ったガラスの破片《はへん》が突《つ》き刺《さ》さって命を落としたり、大けがをしたりした人もいる。爆風《ばくふう》によって全身を床《ゆか》に叩《たた》きつけられて亡《な》くなった人も無数に存在《そんざい》する。

爆心地《ばくしんち》から八、九キロメートル離《はな》れた海岸線に沿《そ》う地域《ちいき》でも、乗っていた自転車と一緒《いっしょ》に爆風《ばくふう》に吹《ふ》き飛《と》ばされて意識《いしき》不明になった人もいる。その近辺の家々の瓦《かわら》は落ち、ガラス窓《まど》や障子《しょうじ》は壊《こわ》れ、土壁《つちかべ》も落ちるなどして、負《ふ》傷者《しょうしゃ》も多数にのぼった。

爆風《ばくふう》によって吹《ふ》き飛《と》ばされたさまざまなものが、広島市周辺の町や村に降下《こうか》したりもした。爆心地《ばくしんち》から二二キロメートル離《はな》れた村では、まだ午前中だというのに夕《ゆう》闇《やみ》のように薄暗《うすぐら》くなった空から、多数の紙切れや使用済《しようず》みの郵便《ゆうびん》はがき、商店の伝票などが広島市のほうから飛んできた。爆心地《ばくしんち》から五五キロメートルの町でも、汚《よご》れた伝票などが降《ふ》ってきたという。

郊外《こうがい》の人々は、飛んできた紙切れや伝票に書かれた文字（例えば商店などの住所）から、それらが広島市から飛んできたことを知る。そして、その街に何か大きな異《い》変《へん》が起きている、と、思わざるを得なかった。

きのこ雲の下で起きていた悲劇《ひげき》

原爆《げんばく》が爆発《ばくはつ》した直後、上空数千メートルのところでは、大きな爆煙《ばくえん》が発生した。それは虹《にじ》を溶《と》いたような妖《あや》しい色彩《しきさい》で渦《うず》を巻《ま》きながら、きのこ状《じょう》になってもくもくと湧《わ》き上《あ》がり、広島市の上空を覆《おお》った。

いわゆる〝きのこ雲〟だ。

原爆《げんばく》投下の五分後には、きのこのかさの部分は、直径約五キロメートルの大きさになっていた。

この雲の下は、言葉にできないほどの惨事《さんじ》に見舞《みま》われていた。

爆心地《ばくしんち》から四一〇メートル、爆心地《ばくしんち》にもっとも近い国民学校だった本川《ほんかわ》国民学校（現在《げんざい》の本川《ほんかわ》小学校）では、校舎《こうしゃ》が全壊《ぜんかい》、全焼《ぜんしょう》。奇跡的《きせきてき》に生き残ったのはふたりだけで、約四〇〇人の生徒と一〇人の教職員《きょうしょくいん》が犠牲《ぎせい》になった。

爆心地《ばくしんち》から四六〇メートルの距離《きょり》にあった袋町《ふくろまち》国民学校（現在《げんざい》の袋町《ふくろまち》小学校）には、そのとき、生徒と教職員《きょうしょくいん》ら約一六〇人がいたが、ほとんどが熱線と爆風《ばくふう》で即死《そくし》した。

あの日、あのとき、広島市内のいたるところで、これらの小学校と同じように、瞬時《しゅんじ》にして多くの命が失われたが、爆発《ばくはつ》後に発生した火災《かさい》によっても、たくさんの尊《とうと》い命が奪《うば》われることになった。

原爆《げんばく》の炸裂《さくれつ》と同時に放射《ほうしゃ》された熱線によって市内中心部の家屋は自然発火した。

1945(昭和20)年8月6日、午前8時15分、広島市の上空で人類史上初の原子爆《ばく》弾《だん》が炸裂《さくれつ》した。その直後、巨大《きょだい》なきのこ雲が立ち上った。米軍機によって、愛媛県《えひめけん》上空から撮影《さつえい》されたきのこ雲。(米軍撮影　広島平和記念資料館提供)

また、そうでなくても、家庭の台所で使用されていた火が、倒《たお》れた家屋などに燃《も》え移《うつ》って火の手が上がるなどし、市内のあちこちで火災《かさい》が発生したのだ。倒壊《とうかい》した建物の下敷《したじ》きになり、火災《かさい》によって、そのまま焼死《しょうし》した人も数え切れない。

火災《かさい》は風に乗って全市に広がり、午前一〇時頃《ごろ》から午後二、三時頃《ごろ》をピークに、終日燃《も》え続けた。

荒《あ》れ狂《くる》う猛火《もうか》の中、安全な場所を求めて逃《に》げまどう人々で市内はパニック状態《じょうたい》になっていた。

洋服は熱線で焼け落ち、逃《に》げる人たちは全裸《ぜんら》、あるいは、半裸状態《はんらじょうたい》だった。多くの人が体にひどいやけどを負っていた。

血だるまの人たちが、ぞろぞろと体を引きずるようにして逃《に》げていく。

その脇《わき》には、ゴロゴロと死体が転がっている。

「助けて……。」

ガラス片《へん》などが体に刺《さ》さったり、ひどいやけどをしたりしてうずくまっている人もいたが、逃《に》げる人には、彼《かれ》らに手を貸《か》す余裕《よゆう》などない。

「誰《だれ》か……。」

燃《も》え盛《さか》る火の中から声が聞こえても、人を助ける余力《よりょく》などあるはずもなく、歩ける人はみんな、自分の足を一歩、また一歩と前に進めることで精《せい》いっぱいだった。

ギシギシ、ガラガラ、ガッシャン――。家屋が倒壊《とうかい》するときの轟《ごう》音。

ビルなどのコンクリート壁《かべ》が落下するときの、ドスンという激《はげ》しい振動《しんどう》を伴《ともな》った大きな音……。

とどろき渡《わた》る騒音《そうおん》の合間を縫《ぬ》うように、多数の声――重傷者《じゅうしょうしゃ》のうめき声、下敷《したじ》きになった人が救助を求める声、家族の名を叫《さけ》ぶ半狂乱《はんきょうらん》の声――が交錯《こうさく》して……。

広島市は、まさに地獄《じごく》のようなありさまだった。

建物の被《ひ》害《がい》状況《じょうきょう》

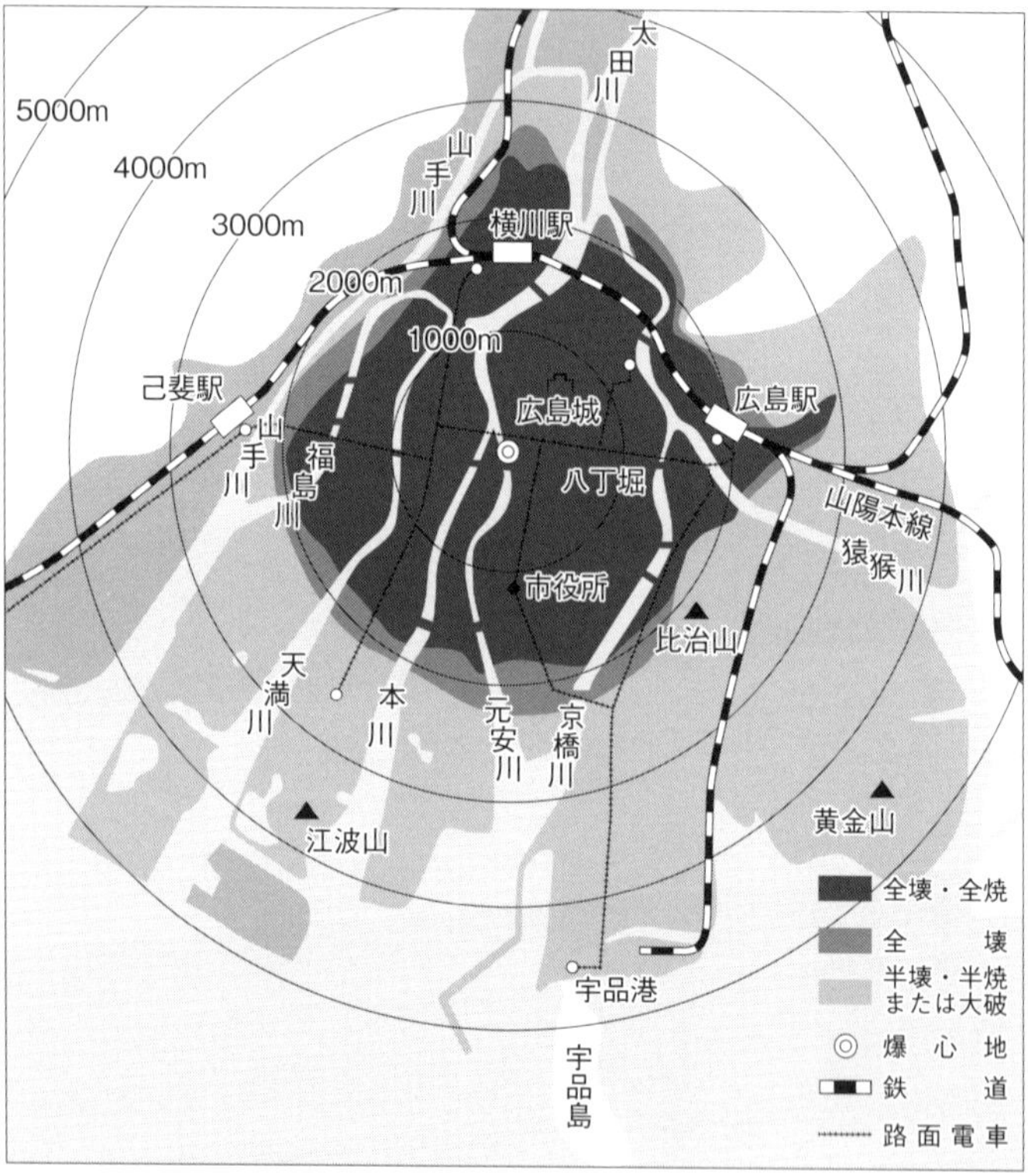

出典／広島平和記念資料館　学習ハンドブック（一部改変）

心に広がる恐怖《きょうふ》

「広島が大変なことになっとるらしい。」

山口県の上関町《かみのせきちょう》を拠点《きょてん》とし、瀬戸内海《せとないかい》の島から島を渡《わた》って地質調査《ちしつちょうさ》を続けていた長岡省吾《ながおかしょうご》は、行く先々で、こんな噂《うわさ》を耳にした。

「自分の目で確《たし》かめるしかない……。」

心配でたまらなくなった長岡《ながおか》は、ついに調査《ちょうさ》を中断《ちゅうだん》して広島に戻《もど》ることを決めた。

船を最寄《もよ》りの港につけて上陸し、その足で鉄道の駅に向かうものの、列車は不規《ふき》則《そく》な運転だった。二時間も待たされた挙句《あげく》にやっと発車したが、途中《とちゅう》で何度も停車、動いている時間よりも停《と》まっている時間のほうが長いほどだった。しかも、山陽本線の広島駅と*19廿日市《はつかいち》駅の間は不通になっていることも判明《はんめい》した。

広島が受けた被害《ひがい》が想像《そうぞう》以上であることを思い知らされた長岡《ながおか》の不安は、膨《ふく》らむばかりだった。

自分の職場《しょくば》である広島文理科大学が無事かどうかを、まず確認《かくにん》したかった。だが、鉄道は不通だ。広島市内の大学に行くことを断念《だんねん》した長岡《ながおか》は、ひとまず佐伯郡《さえきぐん》玖波《くば》町《ちょう》（現在《げんざい》の広島県大竹市《おおたけし》玖波《くば》）の自宅《じたく》に帰ることにした。玖波《くば》は広島市の西方に位置する、瀬戸内海《せとないかい》に面した小さな港町だ。

長岡《ながおか》は、やっとのことで自宅《じたく》の最寄《もより》駅である山陽本線・玖波《くば》駅*20に降《お》り立《た》った。

「長岡《ながおか》さん？　長岡《ながおか》さんじゃないですか？」

小さな駅は人、人、人でごった返していた。その中で、長岡《ながおか》がひとり唖然《あぜん》としていると、見知った顔に声をかけられた。

「なんとまぁ、傷《きず》ひとつ受けんと……ご無事で……。」

その人は、長岡《ながおか》の姿《すがた》を不思議そうに見つめたあと、しみじみと言った。

「広島の大手町《おおてまち》あたりに爆弾《ばくだん》が落ちたらしいんですわ。その爆弾《ばくだん》で全市が壊滅《かいめつ》して、市内のもんはほとんど全員が大やけどをしとるらしいんじゃけどねぇ……。」

知人の話から、長岡《ながおか》は、広島がどうなっているのかを、何となく把握《はあく》した。

「こっからも建物の強制疎開《きょうせいそかい》を手伝えゆうんで、人がようけ駆《か》り出《だ》されとったんじゃけど、全滅《ぜんめつ》したらしいんよ。」

長岡《ながおか》は、自分の顔から血の気が引くのがわかった。

「まさか……。」

大急ぎで自宅《じたく》に戻《もど》る。

妻《つま》や娘《むすめ》たちは無事だった。本当なら広島市内に動員されるはずだったが、地元玖《く》波町《ばちょう》の塩田への水汲《みずく》みに変更《へんこう》されたため、彼女《かのじょ》たちは難《なん》をまぬがれていた。

「ほっ……。」

長岡《ながおか》は安堵《あんど》のため息を漏《も》らしたのだった。

けれども、手放しに喜べる状況《じょうきょう》では決してなかった。広島市から二〇キロメートル離《はな》れた玖波《くば》。このひなびた港町にも異様《いよう》な空気が漂《ただよ》っていた。

ときおり救急の車両がやって来る。そこから降《お》ろされる人の中には意識《いしき》不明の人もいたし、かろうじて意識《いしき》はあり、「水を、水を……」とか細い声で訴《うった》える人もいたけれど、ほとんどの人が体中に大やけどを負っていた。彼《かれ》らは、救護所《きゅうごしょ》になった国民学校に次々と運ばれていく。

異様《いよう》な光景を目の前に、長岡《ながおか》は、無言で立《た》ち尽《つ》くすしかなかった。その心には、潮《しお》が満ちていくように恐怖《きょうふ》が広がりつつあった。

＊1 嘱託《しょくたく》……契約《けいやく》社員のようなもの。長岡《ながおか》の場合は、非常勤講師《ひじょうきんこうし》ともいえる。

＊2 暁《あかつき》部隊……戦時中、軍隊や物資《ぶっし》の船舶輸送《せんぱくゆそう》を指揮《しき》した大日本帝国《ていこく》陸軍の船舶《せんぱく》司令部が統括《とうかつ》した陸軍船舶《せんぱく》部隊のこと。広島県の宇品《うじな》に司令部が置かれていた。

＊3 七本……山手《やまて》川、福島《ふくしま》川、天満《てんま》川、旧太田《きゅうおおた》川（本《ほん》川）、元安《もとやす》川、京橋《きょうばし》川、猿猴《えんこう》川の七本の川でデルタ地帯を形成。ただし、現在《げんざい》は、山手《やまて》川と福島《ふくしま》川を一緒《いっしょ》にして太田《おおた》川放水路になっているため、広島を流れる川は六本。

＊4 デルタ地帯……河川《かせん》によって運ばれた土砂《どしゃ》が河口《かこう》付近にたまることで形成された地形のこと。枝分《えだわ》かれした二本

以上の河川《かせん》で囲まれて三角形に近い形をしているため、“三角州《さんかくす》”ともいう。

*5 **大本営《だいほんえい》**……日本軍の最高統帥《とうすい》（指揮官《しきかん》が軍隊を指揮《しき》、運用する）機関のこと。広島市の広島城《じょう》内に設置《せっち》されていた。

*6 **軍都**……軍の施設《しせつ》が多い都市のこと。

*7 **第二総軍《そうぐん》司令部**……第二次世界大戦末期に、本土決戦を目的に設立《せつりつ》された大日本帝国《ていこく》陸軍の総軍《そうぐん》のひとつ。東日本をまとめる第一総軍《そうぐん》司令部は東京に、西日本をまとめる第二総軍《そうぐん》司令部は広島に置かれた。

*8 **安芸《あき》門徒**……鎌倉《かまくら》時代末期から南北朝期（一三〇〇年代はじめ頃《ごろ》から一三〇〇年代の終わり頃《ごろ》）に成立し、今も続く安芸《あき》（広島県西部の地域《ちいき》）の浄土真宗《じょうどしんしゅう》を信仰《しんこう》する人々の総称《そうしょう》。

*9 **中国地方総監府《そうかんふ》**……第二次世界大戦末期、本土決戦に備《そな》えて全国八か所に置かれた内務省管轄《ないむしょうかんかつ》下の地方行政《ぎょうせい》機関が地方総監府《そうかんふ》。中国地方総監府《そうかんふ》は、そのひとつで、広島文理科大学に本部を置き、広島、岡山《おかやま》、山口、島根、鳥取の五県を管轄《かんかつ》した。

*10 **空襲警報《くうしゅうけいほう》**　*11 **空襲警戒警報《くうしゅうけいかいけいほう》**……空襲警報《くうしゅうけいほう》とは、戦時下、敵軍《てきぐん》の飛行機による空襲《くうしゅう》を市民に知らせる警報《けいほう》。かつての日本ではラジオやサイレンなどで伝達された。厳密《げんみつ》には、敵機《てきき》が近づいているため、避難《ひなん》の準備《じゅんび》をし、できれば防空壕《ぼうくうごう》に入りなさいということを知らせる“空襲警戒警報《くうしゅうけいかいけいほう》”と、敵機《てきき》が間近に迫《せま》っているので、すぐに防《ぼう》空壕《くうごう》へ避難《ひなん》しなさいということを知らせる“空襲警報《くうしゅうけいほう》”があった。両者は、サイレンの鳴らし方の違《ちが》いで区別された。

*12 **B29**……アメリカの大型戦略爆撃機《せんりゃくばくげきき》。第二次世界大戦末期から朝鮮《ちょうせん》戦争までのアメリカ軍の主力爆撃機《ばくげきき》。

*13
中国軍管区……大日本帝国《ていこく》陸軍の軍管区のひとつ。広島城《じょう》内に司令部を置き、広島、岡山《おかやま》、山口、島根、鳥取の五県を管轄《かんかつ》した。

*14
建物疎開《そかい》……空襲《くうしゅう》による火災《かさい》の延焼《えんしょう》を防《ふせ》ぐために、あらかじめ建物を壊《こわ》して防火《ぼうか》地帯をつくること。取《と》り壊《こわ》す建物は、行政《ぎょうせい》が候補《こうほ》を決め、選ばれた建物はほぼ強制的《きょうせいてき》に撤去《てっきょ》されたため、〝(建物)強制疎開《きょうせいそかい》〟とも呼《よ》ばれた。

*15
国民学校……一九四一（昭和一六）年から一九四七（昭和二二）年まで存続《そんぞく》した、日本の初等教育学校の名称《めいしょう》。国民学校初等科（六年で修了《しゅうりょう》。今の小学校に相当する）と、その上の高等科（二年で修了《しゅうりょう》）があった。

*16
中等学校……旧制《きゅうせい》で、中等教育をほどこした中学校、実業学校、高等女学校などの総称《そうしょう》。

*17
ロケット弾《だん》……火薬の燃焼《ねんしょう》や圧縮《あっしゅく》ガスの噴出《ふんしゅつ》によって力を得て、自力で飛行する能力《のうりょく》のある爆弾《ばくだん》（または砲弾《ほうだん》）のこと。当時の日本では〝噴進弾《ふんしんだん》〟と呼《よ》ばれていた。

*18
エノラ・ゲイ……アメリカの大型戦略爆撃機《せんりゃくばくげきき》B29の中で、原爆《げんばく》投下用に改造《かいぞう》された一五機のうちの一機の機名。広島に原爆《げんばく》を投下したことで広く知られている。長崎《ながさき》への原爆《げんばく》投下の際《さい》には、天候観測機《かんそくき》として作戦に参加。

*19
廿日市駅《はつかいち》……当時の山陽本線下りは、広島→横川《よこがわ》→己斐《こい》（現在《げんざい》は西広島に改名）→五日市《いつかいち》→廿日市《はつかいち》の順で停車駅があり、廿日市《はつかいち》駅は広島駅から四つめだった。現在《げんざい》は、広島と横川《よこがわ》の間に新白島《しんはくしま》駅が、西広島（己斐《こい》）と五日市《いつかいち》の間に新井口《しんいのくち》駅が増設《ぞうせつ》されているため、廿日市《はつかいち》は広島から六つめの駅になる。

*20
玖波《くば》駅……当時の山陽本線下りは、広島→横川《よこがわ》→己斐《こい》（現在《げんざい》は西広島に改名）→五日市《いつかいち》→廿日市《はつかいち》→宮島口《みやじまぐち》→大野《おおの》浦《うら》→玖波《くば》の順で停車駅があり、玖波《くば》駅は、広島駅から七つめだった。しかし、現在《げんざい》は、五つの駅が増設《ぞうせつ》され、広島→新白島《しんはくしま》→横川《よこがわ》→西広島（己斐《こい》）→新井口《しんいのくち》→五日市《いつかいち》→廿日市《はつかいち》→宮内串戸《みやうちくしど》→阿品《あじな》→宮島口《みやじまぐち》→前空《まえぞら》→大野浦《おおのうら》→玖波《くば》の順となり、玖波《くば》は広島から一二個《こ》めの駅になる。

原爆《げんばく》投下直後から、病院や診療所《しんりょうじょ》以外にも、崩壊《ほうかい》や火災《かさい》をまぬがれた学校や役所などが臨時《りんじ》の救護所《きゅうごしょ》になり、瀕死《ひんし》のけが人が続々と運《はこ》び込《こ》まれた。（長岡省吾収集　広島平和記念資料館提供）

「リトル・ボーイ」と「ファットマン」

1945（昭和20）年８月６日には広島に、８月９日には長崎《ながさき》に、それぞれ一発の原爆《げんばく》が投下された。以後、両都市は「ヒロシマ・ナガサキ」とセットで語られることも多いが、実は、ふたつの都市に落とされた原爆《げんばく》は、違《ちが》うもの。

物質《ぶっしつ》の最小単位である原子の中心にある原子核《げんしかく》を人工的に壊《こわ》すと大量のエネルギーが出る。原子核《げんしかく》を壊《こわ》すことを核分裂《かくぶんれつ》と呼《よ》ぶが、この分裂《ぶんれつ》が短い時間に次々と起こると、瞬間的《しゅんかんてき》に巨大《きょだい》なエネルギーが生み出される。このエネルギーを兵器として利用したのが、原子爆弾《ばくだん》だ。核分裂《かくぶんれつ》を連続して起こさせるには、一定量（臨界量《りんかいりょう》）以上の核分裂物質《かくぶんれつぶっしつ》が必要で、これには種類があるが、広島と長崎《ながさき》の上空で炸裂《さくれつ》した原爆《げんばく》は、その種類が異《こと》なっていた。

広島に落とされた原爆《げんばく》「リトル・ボーイ」（コードネーム）には、核分裂《かくぶんれつ》物質《ぶっしつ》としてウラン235が使われていた。このウラン235を臨界量《りんかいりょう》以下のふたつの塊《かたまり》に分けておき、爆薬《ばくやく》でふたつをぶつけ合わせると、瞬時《しゅんじ》に臨界量《りんかいりょう》以上になるように製造《せいぞう》されていた。臨界量《りんかいりょう》以上に到達《とうたつ》すると、100万分の１秒という短い時間に核分裂《かくぶんれつ》の連鎖反応《れんさはんのう》が起き、膨大《ぼうだい》なエネルギーが一気に放出される。結果、爆発《ばくはつ》の瞬間《しゅんかん》、強烈《きょうれつ》な熱線と放射線《ほうしゃせん》が放出され、周囲の空気が急激《きゅうげき》に膨《ふく》らんで爆風《ばくふう》が吹《ふ》き荒《あ》れ、広島は壊滅的《かいめつてき》な被害《ひがい》を受けたのだ。

一方、長崎《ながさき》に落とされた原爆《げんばく》「ファットマン」（コードネーム）は、核《かく》分裂物質《ぶんれつぶっしつ》としてプルトニウムを使用。リトル・ボーイと違《ちが》い、爆薬《ばくやく》で球体を一瞬《いっしゅん》にして圧縮《あっしゅく》し、高密度《こうみつど》にすることで臨界量《りんかいりょう》に達するというものだった。臨界量《りんかいりょう》に達したあとの超短時間《ちょうたんじかん》で核分裂《かくぶんれつ》の連鎖反応《れんさはんのう》が起きるのは同じだが、実は、このファットマンは、リトル・ボーイの1.5倍の破壊力《はかいりょく》を持っていたのである。

しかし、実際《じっさい》の被害《ひがい》は長崎《ながさき》のほうが小さかった。例えば死者数で比較《ひかく》してみると、当時の長崎市《ながさきし》の人口24万人のうち約７万4000人が死亡《しぼう》。これに対して広島では、当時の人口35万人のうち、死者は14万人とされている（当時の人口、死者数はいずれも推定《すいてい》）。

破壊力《はかいりょく》の大きい原爆《げんばく》を落とされたにもかかわらず、広島よりも長崎《ながさき》のほうが被害《ひがい》が小さかった理由としては、長崎《ながさき》が山に囲まれた地形で、山によって熱線や爆風《ばくふう》がさえぎられたためだと考えられている。

もし広島に落とされたのがファットマンだったとしたら……。広島はもっと大きな被害《ひがい》を受けていたことになるのだ。

第二章
廃《はい》墟《きょ》に立つ

目を覆《おお》わんばかりの地獄《じごく》絵図

原爆《げんばく》投下の翌日《よくじつ》、八月七日の早朝、長岡《ながおか》は広島市へ向けて出発した。家族が止めるのを振《ふ》り切《き》ってのことだった。*1

玖波《くば》駅から山陽本線の上り列車に乗る。

広島市内に近づくにつれ、正体不明（この時点では、広島に投下されたのが原爆《げんばく》であることは発表されていなかった）の爆弾《ばくだん》の爪《つめ》あとがひどくなる。

民家の屋根瓦《やねがわら》が波状《なみじょう》に盛《も》り上《あ》がっている地域《ちいき》を過《す》ぎると、今度は家々が半壊状《はんかいじょう》態《たい》になった地域《ちいき》が車窓《しゃそう》に広がる。そして、広島駅からふたつめ（当時）の己斐《こい》駅（現在《げんざい》の西広島駅）が近づくにつれ、民家はほとんど全壊《ぜんかい》になってくる。

己斐《こい》駅で下車。

駅の構内《こうない》には、何人もの重傷者《じゅうしょうしゃ》が寝《ね》かされていた。

「大丈夫《だいじょうぶ》か？　辛抱《しんぼう》しんさいよ、お母ちゃんがついとるけぇね、大丈夫《だいじょうぶ》じゃけぇね。」

大やけどをした一五、六歳《さい》の少年が横たわり、その側《そば》には母親らしき女性《じょせい》。自分も大けがをしているにもかかわらず、息子《むすこ》の身を案じて声をかけ続けている。

同じような光景が駅構内《えきこうない》のあちこちで見られ、外に出ると、駅前広場には、四、五人ほどの遺体《いたい》が置かれていた。

「……。」

あまりに悲しい情景《じょうけい》に、長岡《ながおか》は言葉を失った。

気が抜《ぬ》けたようにとぼとぼと歩く人、慌《あわ》ただしく走り去る人、正気を失ったかのように大声でわめき散らす人……。

さまざまな人々とすれ違《ちが》いながら、憂《ゆう》うつな気持ちで歩を進めていた長岡《ながおか》は、半《はん》焼《しょう》した路面電車の車両からうめき声がしていることに気がついて足を止めた。

「う、うー、うーん。」

「助けてくれ……。」

「苦しい……。」

「痛《いた》い、熱い……。」

車両に歩《あゆ》み寄《よ》ってみると、いくつもの死体が横たわる中に、男女の区別もつかないほどやけどの傷《きず》を負い、髪《かみ》の毛《け》が抜《ぬ》け落《お》ちてしまった人たちが何人かいた。長岡《ながおか》が聞いたのは、彼《かれ》らが苦痛《くつう》を訴《うった》える声だったのだ。

血の海の中に響《ひび》くうめき声、そして漂《ただよ》う死臭《ししゅう》……。

長岡《ながおか》は足がすくんだが、その場に居《い》続けるわけにもいかず、重い足取りのまま、先へ進む。

「た、助けて……ください。み、水、水を……。」

車が黒焦《くろこ》げになって放置され、民家が焼け落ち、ビルの鉄骨《てっこつ》だけがかろうじて残っているような場所を通っていると、今度は、救いを求める力ない声を耳にした。

はっとしてそのほうに目を向けると、視線《しせん》の先には、着ていた衣服は焼けてしまったのだろう、ほとんど裸《はだか》の人がひとり。やけどのためか頭髪《とうはつ》はなく、頭から血をしたたらせながら、苦しみのあまり、のたうち回っている。その人の手足は折れ、眼《がん》球《きゅう》は飛び出していた。

別のところでは、老人が板切れを固く握《にぎ》ってたたずんでいるのに出くわした。

《観音町《かんおんまち》、山本《やまもと》○○》

板切れには、流れる血で書いたらしい文字。

観音町《かんおんまち》に住んでいる山本《やまもと》○○というのが、老人自身の名前なのか、それとも、観《かん》音町《おんまち》の山本《やまもと》○○という人を捜《さが》しているのか。

長岡《ながおか》は、「老人の力になれたら」と思ってたずねてみたが、何度聞き返しても、さっぱり要領《ようりょう》を得なかった。ただ、その老人が必死に誰《だれ》かを待っていることだけは、確《たし》かなようだった。

戦慄《せんりつ》と死の街で

ぽつん、ぽつんとコンクリートの建物が残っているだけで、辺り一面焼け野が原。路面電車の電線が切れて垂《た》れ下《さ》がり、そこここに、人々が折り重なって死んでいる。あまりの熱さに飛《と》び込《こ》んだのか、防火水槽《ぼうかすいそう》の中で立ったまま亡《な》くなっている人がいた。

川岸には、水を求めた姿勢《しせい》のまま重なる十数人の亡骸《なきがら》があった。水を飲もうとして石垣《いしがき》から落ちたのか、川に頭から突《つ》っ込《こ》んだまま息絶《いきた》えている人もいた。

川面《かわも》には無数の死体が流れていく。

焼けた電車道路では、一二歳《さい》くらいの女の子がひとりで泣いていた。全身傷《きず》だらけで、着ている洋服は血まみれだった。

「母ちゃん、母ちゃん。」

女の子は、焼けただれた女性《じょせい》の背《せ》にすがりついていた。

生きているのか死んでいるのか……。その女性《じょせい》は、うずくまったまま微動《びどう》だにしない。

その横の電柱の側《そば》には、中学生の男子がカバンを握《にぎ》ったまま倒《たお》れていた。

やりきれない思いで視線《しせん》を上げた長岡《ながおか》の目に、今度は、産業奨励館《しょうれいかん》*2が映《うつ》り込《こ》む。

しかし、それは、もはや長岡《ながおか》が知っている建物ではなかった。

建物の屋根部分に銅板《どうばん》の楕円形《だえんけい》ドームを載《の》せたヨーロッパ風建築《けんちく》の産業奨励《しょうれい》館。

大正時代に建てられたレンガ造《づく》りのそれは、当時としてはとてもモダンな建物で広島名物になっており、市民からも親しまれていた。

だが、そのとき長岡《ながおか》が見たのは、あまりにも変わり果てた姿《すがた》……。

太陽の光を背《せ》に受けて、青空にくっきりと浮《う》かんでいたのは、ドーム部分の鉄骨《てっこつ》がむき出しになり、もはや残骸《ざんがい》と化した産業奨《しょう》励《れい》館だった。

両親を求めて泣《な》き叫《さけ》ぶ子ども、死んでしまった赤《あか》ん坊《ぼう》を半狂乱《はんきょうらん》になって抱《だ》き続ける母親、のどの渇《かわ》きを訴《うった》えてうめく人、傷《きず》の痛《いた》みでのたうち回る人、我《われ》を失ったように呆然《ぼうぜん》と歩く人、自分の所在《しょざい》を家族に知らせてくれと懇願《こんがん》する人……。

戦慄《せんりつ》と死の街を歩きながら、長岡《ながおか》は無数の苦しみに出会う。

けれど、どうすることもできない……。

長岡《ながおか》にできることと言えば、せいぜい、水を求める人に、その辺に転がっている茶碗《ちゃわん》のかけらを拾《ひろ》って水を与《あた》えることくらいだった。そのとき、広島市内では、地中の水道管が破裂《はれつ》し、あちらこちらで水が噴《ふ》き出《だ》していたのだ。

長岡《ながおか》は、自分の無力をいやというほど思い知らされていた。

同時に、多くの人が亡《な》くなったり、苦しんだりしている中で、自分が無事に生きていることに罪《つみ》の意識《いしき》さえ覚え始めていた。

広島県産業奨励《しょうれい》館（現在《げんざい》の原爆《げんばく》ドーム）と爆心地《ばくしんち》付近。建物は、爆風《ばくふう》がほとんど真上から到達《とうたつ》したために壁《かべ》の一部は倒壊《とうかい》をまぬがれたが、ドーム部分は鉄枠《てつわく》だけになり、無残な姿《すがた》と化した。周囲の建物は瞬時《しゅんじ》に倒壊《とうかい》し、焼き尽《つ》くされた。（林重男撮影　広島平和記念資料館提供）

〝死の影《かげ》〟と地質《ちしつ》学者の直感

「この世のものとは思えん……。」

灰《はい》になった広島の街を歩いていた長岡《ながおか》は、つぶやかずにはいられなかった。

無残に変わり果てた街並《まちな》みと無数の亡骸《なきがら》、そして、人々の苦しみ……。

これほどまでに悲惨《ひさん》なことが、あっていいのか。

長岡《ながおか》は信じることができずにいたが、先へ進めば進むほど、その思いが強くなる。

廃墟《はいきょ》には、にわかには信じがたい光景があふれていた。

あたかも歩いているかのような影《かげ》。

腰《こし》かけているかのような影《かげ》。

ふたり並《なら》んで話《はな》し込《こ》んでいるかのような影《かげ》。

アスファルトや石段《いしだん》の上など、そこかしこに人の影《かげ》が残されているのを、長岡《ながおか》は発見した。

それらは、足元がはっきりしていて、頭部はぼんやりとしていた。

「爆弾《ばくだん》が落ちた瞬間《しゅんかん》、強烈《きょうれつ》な光か何かで、その場におった人の影《かげ》が焼きつけられたんじゃろう。」

長岡《ながおか》は思う。

「まさに〝死の影《かげ》〟……。」

得体の知れない恐怖《きょうふ》に襲《おそ》われ、長岡《ながおか》の背筋《せすじ》に冷たいものが走った。

「くたびれた……。」

突如《とつじょ》、長岡《ながおか》は、どうしようもない疲労《ひろう》感に見舞《みま》われる。

ちょうど広島護國《ごこく》神社の入り口にたどり着いたときだった。

街は廃墟《はいきょ》になっていた。建物は崩壊《ほうかい》し、すっかり焼け落ちていたため、どこに何があったのかを即座《そくざ》に知ることは困難《こんなん》だったが、なぜか電車通りに面した神社の大《おお》鳥居《とりい》は倒《たお》れずにもとのまま立っていた。そのため、そこに護國《ごこく》神社があったことを、長岡《ながおか》は知ることができたのだった。

神社の本殿《ほんでん》や拝殿《はいでん》は粉々に吹《ふ》き飛《と》ばされ、境内《けいだい》の小さな鳥居《とりい》はどれも地面に叩《たた》きつけられたように破壊《はかい》されている。

松の木は燃《も》えて炭のようになっていた。

「もう歩かれん……。」

肉体よりも精神《せいしん》が疲労困憊《ひろうこんぱい》していた長岡《ながおか》は、神社入り口の石灯ろうの台座《だいざ》に腰《こし》を下ろす。その瞬間《しゅんかん》、針《はり》でついたような痛《いた》みを肌《はだ》に感じて飛び上がる。

「あっ!!」

驚《おどろ》いて石灯ろうをよく見た長岡《ながおか》は、驚《おどろ》きの声をあげた。本来、磨《みが》き上《あ》げられてツルツルのはずの石の表面に小さなトゲのようなものが無数にできていたのだ。

長岡《ながおか》は、地質学《ちしつがく》の知識《ちしき》から、トゲは、瞬間的《しゅんかんてき》な高熱によって石の表面が溶《と》けたためにできたものだと推定《すいてい》した。

「そがあなバカなことがあろうか……。」

長岡《ながおか》は何度もその石を見返した。しかし、何度見ても、目に入るのは、石の表面にできたトゲトゲだ。

「これは大変な現象《げんしょう》じゃ。何か特殊《とくしゅ》な爆弾《ばくだん》に違《ちが》いないぞ。」

その石灯ろうは花崗岩《かこうがん》でできていた。

花崗岩《かこうがん》は六〇〇度以上の高温で焼かれなければ溶《と》けないことを知っていた長岡《ながおか》は、「この爆弾《ばくだん》は普通《ふつう》のものではない」と、直感的に思ったのだった。

「これは人類最大の悲劇《ひげき》かもしれん。石までもが、血を流して泣いとる……。」

長岡《ながおか》はボソリとひとりごとを言った。

周囲の建造物《けんぞうぶつ》がことごとく破壊《はかい》されている中で、広島護國《ごこく》神社の大鳥居《おおとりい》は、倒《たお》れずにそのまま立っていた。社殿《しゃでん》は木造建築《もくぞうけんちく》のため、基礎《きそ》部分だけを残し、全壊全焼《ぜんかいぜんしょう》した。廃墟《はいきょ》を歩き回り、疲《つか》れ果《は》てた長岡《ながおか》がたどり着いたのが、この神社だ。（林重男撮影
広島平和記念資料館提供）

広島護國《ごこく》神社。手前は爆風《ばくふう》によって倒壊《とうかい》した鳥居《とりい》（大鳥居《おおとりい》とは別のもの）。左側には倒壊《とうかい》した灯ろうも見える。左上、わずかに枯《か》れ木《き》が残る場所には、広島城《じょう》や軍関係の施設《しせつ》があったが、あとかたもなく焼け落ちている。（林重男撮影　広島平和記念資料館提供）

1956（昭和31）年、広島護國《ごこく》神社は現在《げんざい》の場所（広島城天守閣《じょうてんしゅかく》の近く）に移転《いてん》した。今でも、原爆《げんばく》で倒《たお》れなかった大鳥居《おおとりい》は健在《けんざい》だ。

屍《しかばね》の街で夜明けを待つ

廃墟《はいきょ》で目にした惨状《さんじょう》に、ぼう然となっていた長岡《ながおか》だったが、溶《と》けた石を見てから、急にシャキッとなった。石から受けた痛《いた》みによって、地質《ちしつ》学者としての自分を取《と》り戻《もど》したのか。本来の目的――自分が所属《しょぞく》する広島文理科大学へ行くこと――を思い出し、再《ふたた》び、焼け野原を歩き出す。

街はまだくすぶっていて、熱くて通れない場所もあったが、路面電車の線路のある紙屋町《かみやちょう》あたりは道幅《みちはば》が広いため、歩くことができた。とはいえ、電柱は折れ、垂《た》れ下《さ》がった電線がクモの巣のように張《は》り巡《めぐ》らされ、そこらじゅうに焼けた車やリヤカーが放置されていて、とても歩きにくかった。

古い時代から広島の目印的な存在《そんざい》だった寺院、国泰寺《こくたいじ》（当時は広島市中区《なかく》にあったが現在《げんざい》は同市西区《にしく》に移転《いてん》）は全焼《ぜんしょう》し、境内《けいだい》にあった楠《くすのき》は、見るも無残に折れていた。樹齢《じゅれい》三〇〇年で国の天然記念物に指定されていた楠《くすのき》。その根は境内《けいだい》の外側の道にまで伸《の》びていたため、大正時代に路面電車を通した際《さい》、この根を避《さ》けて通るよう、線路はわざと少しだけカーブして敷《し》かれたほどだ。それだけこの木は広島市民に愛されていたのだ。その変わり果てた姿《すがた》を見て、長岡《ながおか》は、いたたまれなくなった。

午前一〇時、やっと大学にたどり着く。

校舎《こうしゃ》は焼けていたものの、長岡《ながおか》は学内で主任教授《しゅにんきょうじゅ》とばったり出会い、互《たが》いに無事を喜び合った。教授《きょうじゅ》から、学生や助手たちも無事と聞かされ、ひとまずホッとする。

だが、研究室に置いていた化石や鉱物《こうぶつ》が焼けてボロボロになっているのを目にして、心がざらついた。

それらは、長岡《ながおか》が若《わか》い頃《ころ》から二〇年以上をかけて集めた、大事な大事な資料《しりょう》だった。広島の街はたった一発の爆弾《ばくだん》で壊滅的《かいめつてき》な被害《ひがい》を受けている。大学に来るまでの道すがらで、そのことを痛感《つうかん》していた長岡《ながおか》は、資料《しりょう》のこともあきらめていた。とはいえ、やっぱりあきらめきれない自分がいることも、長岡《ながおか》は感じていた。それまでの人生の大半を化石や鉱物《こうぶつ》の採集《さいしゅう》に費やしてきたのだ。

長岡《ながおか》の目から、涙《なみだ》がとめどもなくあふれ出た。


大学を出て帰途《きと》につく頃《ころ》には、壊滅《かいめつ》した街のそこここで火葬《かそう》が始まっていた。街中には死体がゴロゴロしていたが、それらを一か所に集めて焼くのである。季節は真夏。腐敗《ふはい》が進む。一刻《いっこく》も早く死体を片《かた》づける必要があったのだ。

死臭《ししゅう》と火葬《かそう》の臭《にお》い。胸《むね》が悪くなるような激《はげ》しい悪臭《あくしゅう》が鼻をつき、やりきれなくなった長岡《ながおか》が足早に歩いていると、後ろから声が聞こえてきた。

「長岡《ながおか》さんじゃあ、ないですか。」

振《ふ》り返《かえ》ると、顔や衣服を黒く汚《よご》した男が立っていた。家の近所の人だった。

「今、そこで嫁《よめ》の死体を見つけたんですわ。じゃけど、ひとりじゃあどうにもできんでねぇ……。」

妻《つま》の死が実感できていないのか、知人は淡々《たんたん》と言った。

すぐ近くに、数十人の遺体《いたい》が集められて火葬《かそう》が始まろうとしている場所があった。長岡《ながおか》はそのあたりでトタン板を探《さが》し出《だ》してきた。そして、その上に、知人の妻《つま》の遺《い》体《たい》を乗せてふたりで運び、火葬《かそう》するのを手伝った。

気がつくと、すっかり夜は更《ふ》けていた。

あちらこちらで火葬《かそう》の炎《ほのお》が燃《も》えるのが見えた。

亡《な》くなった人の冥福《めいふく》を祈《いの》りながら、長岡《ながおか》は、その知人と一緒《いっしょ》に夜明けを待った。

＊1
八月七日……長岡《ながおか》が広島市内に入ったのは、原爆《げんばく》投下の二日後、八月八日だったという証言《しょうげん》もあるが、長岡《ながおか》自身の手記では八月七日となっているため、ここでは、そちらを採用《さいよう》した。

＊2
産業奨励館《しょうれいかん》……一九一五（大正四）年、広島県物産陳列館《ちんれつかん》として建てられた、一部鉄骨《てっこつ》を使用したレンガづくりの建築物《けんちくぶつ》。広島県物産陳列《ちんれつ》館から広島県立商品陳列《ちんれつ》所へ、さらに、広島県産業奨励《しょうれい》館と名称《めいしょう》の変更《へんこう》を繰《く》り返《かえ》し、被爆《ひばく》後は、いつしか〝原爆《げんばく》ドーム〟と呼《よ》ばれるようになった。

原爆《げんばく》のむごさを静かに訴《うった》える「遺品《いひん》」の数々

広島平和記念資料館《しりょうかん》には、約10万点の原爆《げんばく》に関する資料《しりょう》がある。これらの中には、原爆《げんばく》で亡《な》くなった人の遺品《いひん》など２万点も含《ふく》まれている。

例えば――。

●手島範明《てしまのりあき》君の爪《つめ》と皮膚《ひふ》／県立広島第二中学校１年生だった範明《のりあき》君は、建物疎開《そかい》作業現場《げんば》で被爆《ひばく》。全身の皮膚《ひふ》が垂《た》れ下《さ》がるほどの大やけどを負ったが、友人に助けられて帰宅《きたく》。だが、翌日《よくじつ》、苦しみながら死亡《しぼう》した。母親が、その爪《つめ》と皮膚《ひふ》の一部を戦地にいた父親への形見として残していたものだ。

●茂曽路《もそろ》モトさんのメガネ／モトさんは自宅《じたく》で被爆《ひばく》。１か月後、自宅《じたく》の焼けあとから、焼け残った頭部だけが発見された。いつもかけていたメガネは、頭部の眼窩《がんか》に半分溶《と》けてくっついていた。

●大杉美代子《おおすぎみよこ》さんの下駄《げた》／市立第一高等女学校１年生の美代子《みよこ》さんは、建物疎開《そかい》の作業中に被爆《ひばく》した。母親が毎日捜《さが》し回《まわ》ったが、結局、遺体《いたい》は見つからず、２か月後、片方《かたほう》の下駄《げた》だけを発見。母親の着物でつくった鼻緒《はなお》から、美代子《みよこ》さんのものと判明《はんめい》したという。下駄《げた》には左足の足跡《あしあと》が残る。

●渡辺玲子《わたなべれいこ》さんの弁当箱《べんとうばこ》／市立第一高等女学校１年生だった玲子《れいこ》さんが被爆《ひばく》したのは、建物疎開《そかい》の作業中。遺体《いたい》は見つからなかったが、弁当箱《べんとうばこ》だけが発見された。中には、豆の煮物《にもの》と白米のご飯が入っていたが、いずれも手つかずのまま真っ黒に炭化していた。当時としては白米のご飯は珍《めずら》しいが、炎天下《えんてんか》の作業に出る娘《むすめ》への、母親の精《せい》いっぱいの心づかいだった。

●銕谷伸一《てつたにしんいち》ちゃんの三輪車／当時３歳だった伸一《しんいち》ちゃんは、三輪車に乗って自宅《じたく》前で遊んでいたときに被爆《ひばく》し、その日の夜に死亡《しぼう》。３歳《さい》の子《こ》どもをひとりで墓《はか》に入れるのはかわいそうだと、父親は亡骸《なきがら》と三輪車を一緒《いっしょ》に自宅《じたく》の裏《うら》庭《にわ》に埋《う》めた。それから40年後、1985（昭和60）年の夏、庭から掘《ほ》り起《お》こして遺《い》骨《こつ》は墓《はか》に埋葬《まいそう》、土の中に埋《う》まって錆《さ》びついた三輪車は資料館《しりょうかん》に寄贈《きぞう》された。

●藤井満里子《ふじいまりこ》さんの救急袋《ぶくろ》／市立第一高等女学校２年生の満里子《まりこ》さんは、建物疎開《そかい》作業現場《げんば》で被爆《ひばく》。その消息を捜《さが》していた父親が、本人の救急袋《ぶくろ》だけを発見。袋《ふくろ》には、非常《ひじょう》時に備《そな》えて、薬品や弟のオムツが入っていた。

資料館《しりょうかん》には、このように、ひとつひとつ物語を持つ遺品《いひん》の数々が展示《てんじ》されている。それらと向き合うことで、私《わたし》たちは、あの日、あのときのことを想像《そうぞう》し、その遺品《いひん》を遺《のこ》した人たちのことを思う。そして、原爆《げんばく》のむごさ、戦争の愚《おろ》かさ、平和の尊《とうと》さを実感する。

第三章
地《ち》質《しつ》学者の執《しゅう》念《ねん》と意地

奇妙《きみょう》な拾《ひろ》い屋

アメリカは、広島に壊滅的《かいめつてき》な被害《ひがい》を与えた翌日《よくじつ》、それが、核分裂反応《かくぶんれつはんのう》を利用した最新兵器の原子爆弾《ばくだん》によるものであったことを世界に公表した。

しかし、日本では、軍部が[＊1]箝口令《かんこうれい》を敷《し》いて[＊2]報道統制《ほうどうとうせい》をしたため、国内の報道《ほうどう》では〝新型爆弾《ばくだん》〟としか伝えられていなかった。

国民が、広島に落とされた爆弾《ばくだん》が原爆《げんばく》だと知ったのは、八月一一日以降《いこう》になる。

軍部が、広島に投下されたのは確《たし》かに原爆《げんばく》だったと確認《かくにん》し、報道統制《ほうどうとうせい》を解除《かいじょ》。新聞各紙が広島に特派員《とくはいん》を派遣《はけん》して被害状況《ひがいじょうきょう》を詳細《しょうさい》に伝え始め、国民は、やっと真実を知ることができるようになったのだった。

《広島と[＊3]長崎《ながさき》は、今後七〇年間は草木はもちろん、一切《いっさい》の生物は棲息不可能《せいそくふかのう》である》

八月二三日、ある新聞は、このような記事を載《の》せた。アメリカの発表を受けてのことだった。

向かって右側が長岡《ながおか》。被爆資《ひばくし》料《りょう》収《しゅう》集《しゅう》や調査《ちょうさ》で廃墟《はいきょ》を歩き回るときには、たいていゲートルに地《じ》下《か》足《た》袋《び》姿《すがた》だった。写真は、国が立ち上げた原爆《げんばく》調《ちょう》査《さ》団《だん》に地《ち》質《しつ》学《がく》の専門家《せんもんか》として参加、長崎《ながさき》を訪《おとず》れた際《さい》に撮影《さつえい》されたもの。（長岡省吾収集　広島平和記念資料館提供）

その説が確《たし》かかどうかはさておき、実際《じっさい》、かつて広島の街があったところは、あらゆる生命から見放されたように、荒涼《こうりょう》とした地面をむき出しにしていた。

一九四五（昭和二〇）年夏の終わり。

その砂漠《さばく》のような街に毎日のように入っていき、歩き回る男がひとりいた。

メガネをかけ、口ひげをたくわえた中年男。やせて、背《せ》の高い、その男は、ゲートル*4に地下足袋姿《じかたびすがた》でリュックサックを背負《せお》い、手には小さなつるはしを持っている。

そのつるはしで、ときおり地面から何かを掘《ほ》り出《だ》し、背中《せなか》のリュックに放《ほう》り込《こ》む。

彼《かれ》のまわりにも、同じような格好《かっこう》で、同じようなことをする男たちがいた。

ただ、この男たちと、口ひげの中年男とでは、探《さが》すものが違《ちが》っていた。

男たちが瓦礫《がれき》の中で探《さが》すのは、金属《きんぞく》だった。その当時、日本では金属《きんぞく》が不足していたため、金属《きんぞく》ならどんなスクラップ*5でも希少価値《かち》があってお金になったのだ。だが、中年男は金属《きんぞく》には目もくれず、一円にもならない瓦《かわら》や石ころだけを拾《ひろ》っていた。

奇妙《きみょう》な拾《ひろ》い屋。

金属《きんぞく》を探《さが》す男たちは、この中年男のことを、いつしかこう呼《よ》ぶようになっていた。

その拾《ひろ》い屋こそが、長岡省吾《ながおかしょうご》である。

「これが、わしの使命なんじゃ。」

原爆《げんばく》投下の翌日《よくじつ》、廃墟《はいきょ》となった広島の街を歩き、護國《ごこく》神社の灯ろうの台石が針《はり》のムシロのようになっているのを見たとき、長岡《ながおか》はそう感じた。

そのときはまだ、落とされた爆弾《ばくだん》が原爆《げんばく》だとは発表されていなかった。しかし、広島の地質《ちしつ》学者のひとりとして、「この未知の現象《げんしょう》を科学的に究明することが、自分に与《あた》えられた仕事」と、心に誓《ちか》う。長岡《ながおか》が、その〝仕事〟を成《な》し遂《と》げるためには、できるだけたくさんの、爆弾《ばくだん》の熱線に当たった石や瓦《かわら》などを調べる必要があったのだ。

こうして長岡《ながおか》は、奇妙《きみょう》な拾《ひろ》い屋になった。

原爆《げんばく》投下の翌日《よくじつ》から連日、家のある玖波《くば》から列車に乗って市内に入り、爆心地《ばくしんち》付近を中心に歩いて回る。そして、瓦礫《がれき》の中から溶解《ようかい》した石や瓦《かわら》などをひたすら探《さが》し、リュックに詰《つ》めるだけ詰《つ》めては、家に持ち帰るようになったのである。


「あれを見てみ、草が生《は》えようるよ。」

長岡《ながおか》が拾《ひろ》い屋になって三週間が過《す》ぎようとしている頃《ころ》、廃墟《はいきょ》の中でかろうじて生《い》き延《の》びていた被災者《ひさいしゃ》たちが、焼け野原の一部を指差して、目を輝《かがや》かせていた。

七〇年間は草木が生えないという不毛説（七五年という説もあった）が流れたとき、広島市民は、それを鵜《う》呑《の》みにしたわけではなかったが、一抹《いちまつ》の不安を抱《かか》えていたのは確《たし》かだった。ところが、この不安を払《はら》いのけるようなことが起きたのだ。

八月の末、赤茶けていた焼け野原が部分的に青みがかってきたかと思うと、みるみるうちに一面に鉄道草《てつどうぐさ》（ヒメムカシヨモギ）が生《お》い茂《しげ》ったのである。

「七〇年は草木が生えんゆうのは、やっぱり大嘘《おおうそ》じゃったんじゃ。」

鉄道草《てつどうぐさ》を見た人々は、死《し》に絶《た》えたと思っていた土地に新鮮《しんせん》な酸素《さんそ》が湧《わ》き上《あ》がっているのを感じ、言葉にできない感動を覚える。

「住むことができる!!」

焼けあとに残っていた人々は希望を抱《いだ》く。廃墟《はいきょ》を歩き回る長岡《ながおか》にとっても、草が生えたこと、そして、それに被災者《ひさいしゃ》が希望を持ったことは、大きな喜びになった。

〝宝《たから》〟探《さが》しの取り引き

「あの人は、頭がどうかしとるんじゃなかろうか。」

「そうじゃね。そうとしか考えられんのよ。」

人々は長岡《ながおか》を見て、コソコソ言い合った。

来る日も来る日も瓦礫《がれき》の中を歩き回り、お金にならない石ころや瓦《かわら》を拾《ひろ》い集める。人々の目には、そんな長岡《ながおか》の行動が正常《せいじょう》とは思えなかったのだ。

その頃《ころ》は、みんな、生きるのに精《せい》いっぱいだった。

世にも恐《おそ》ろしい爆弾《ばくだん》で住む場所や肉親を奪《うば》われてしまった。

それでもなんとか踏《ふ》ん張《ば》って生きていたところへ、今度は敗戦の報《ほう》。一九四五（昭和二〇）年八月一五日、日本の降伏《こうふく》によって戦争が終わったことを、国民は知らされたのだった。

残忍《ざんにん》を極《きわ》めた原爆《げんばく》の被害《ひがい》に続き、敗戦を知った広島市民は、ぼんやりとして何も手につかない状態《じょうたい》になった。

けれど、なんとかして生きていくしかない。

敗戦後、食糧《しょくりょう》事情《じじょう》はますます悪くなる一方で、人々は、壊《こわ》れかけた防空壕《ぼうくうごう》の中や、トタンで囲っただけのバラック小屋の中で、すさまじい飢《う》えと闘《たたか》わなくてはならなかった。

郡部の農家へ食糧《しょくりょう》の買い出しに行く人も多かった。農家はお金ではなく、衣類などを欲《ほ》しがったため、物々交換《ぶつぶつこうかん》が盛《さか》んになった。市民は田舎《いなか》に疎開《そかい》させていたわずかな衣類を取《と》り寄《よ》せたりして食糧《しょくりょう》と交換《こうかん》したが、それができる人は恵《めぐ》まれているほうで、交換《こうかん》する物品を持たない人もたくさんいた。このような切羽詰《せっぱつ》まった暮《く》らしを強《し》いられている人々にとって、長岡《ながおか》の行動は謎《なぞ》だった。

なぜ、お金にもならない、無価値《むかち》のものを集めているのか……。

わけがわからなかった。

金属《きんぞく》という〝宝《たから》〟を探《さが》し歩《ある》く男たちにとっても、長岡《ながおか》の行動は理解《りかい》できないものだった。

「先生、なんでわしらと一緒《いっしょ》にやらんのですか。」

長岡《ながおか》に出くわすと、男たちは必ず言った。最初の頃《ころ》は、彼《かれ》らは本気で問うていたのだが、そのうち、冗談《じょうだん》になっていった。

「先生、一緒《いっしょ》にやらんですか。どうしても一緒《いっしょ》にやらんゆうてなら、今じゃあ、先生は、ここらのことを、よう知っとってじぁけぇ、光り物（金属《きんぞく》）を見つけたら教えてくれんですか。そうすりゃあ、先生もさぞかし儲《もう》かるでしょうよ。先生が教えてくれたら、お礼はたんまりするけぇ。」

男たちがニヤニヤしながら言うと、長岡《ながおか》は答えた。

「ほんなら、わしのところへ来《き》んさい。光り物を見つけた場所を教えたげよう。」

長岡《ながおか》は、男たちに取り引きを申し出た。もちろん、彼《かれ》らに利益《りえき》の分配を要求したわけではない。長岡《ながおか》が男たちに持ちかけたのは、金属《きんぞく》がある場所を教えるかわりに、原爆《げんばく》の爪《つめ》あとが残る石や瓦《かわら》などを提供《ていきょう》してもらうことである。

中でも、長岡《ながおか》が特に求めていたのは、〝よく保存《ほぞん》された影《かげ》〟のある石やコンクリートの破片《はへん》だった。

原爆《げんばく》が放った強烈《きょうれつ》な熱線は、それが当たったすべてのものを変色させた。けれども、例えば、アスファルトの道、コンクリートの石段《いしだん》など平らな面の前に、人や動物や植物、あるいは自転車などがあったとしたら、それらによって熱線がさえぎられる。そのため、周囲は熱線で色あせても、人間や動物や植物などの形だけは、アスファルトやコンクリートの面に、影絵《かげえ》のようにくっきりと残るのだ。八月七日、廃墟《はいきょ》の街を歩いているとき、長岡《ながおか》が発見した〝死の影《かげ》〟も、まさにそれだ。

こうした影《かげ》は、長岡《ながおか》にとってはまさに〝宝《たから》〟。熱線で焼きつけられた、できるだけ多くの影《かげ》の方向と角度を測定《そくてい》することで爆心地《ばくしんち》を割《わ》り出そうとしていたからだ。

金属《きんぞく》を探《さが》している男たちが、そのような影《かげ》が刻《きざ》まれた破片《はへん》を長岡《ながおか》のところへ持っていくか、それがある場所へ長岡《ながおか》を案内すれば、そのお礼として、長岡《ながおか》は、彼《かれ》らが欲《ほ》しがっている情報《じょうほう》を与《あた》えた。

「次の四つ角を渡《わた》ってふたつ目の角を入ったとこの焼けあとは探《さが》しがいがあるぞ。」

「あっこの木の株《かぶ》の下には大きな鍋《なべ》が埋《う》まっとる。」

例えば、こんなふうに。

住友《すみとも》銀行広島支店《してん》入り口の石の階段《かいだん》。ここに座《すわ》っていた人は、原爆《げんばく》の閃光《せんこう》を受けて即死《そくし》したと思われる。強烈《きょうれつ》な熱線により、まわりの石段《いしだん》の表面は白っぽく変化、人が腰《こし》かけていた部分だけが影《かげ》のように黒くなって残っている。(米国国立公文書館所蔵　広島平和記念資料館提供)

橋の床面《ゆかめん》は、強烈《きょうれつ》な熱線で黒く焦《こ》げてしまっているが、橋の欄干《らんかん》が閃光《せんこう》をさえぎった部分は、欄干《らんかん》の影《かげ》として白く残っている。(米軍撮影　広島平和記念資料館提供)

熱線を受けて、側《そば》に生えていたヤツデの葉の影《かげ》が残された電柱。影《かげ》の位置と、ヤツデの葉の位置が異《こと》なっているのは、被爆《ひばく》した葉は枯《か》れてしまい、新芽が育ったため。（米軍撮影　広島平和記念資料館提供）

アスファルトは、熱線をあびて黒くなったが、橋の上にいた人の影《かげ》の部分はぼんやりと白く残っている。被爆《ひばく》直後に派遣《はけん》された調査団員《ちょうさだんいん》が、爆発《ばくはつ》の瞬間《しゅんかん》に被爆《ひばく》した人の位置に立ち、状況《じょうきょう》を再現《さいげん》している。（米軍撮影　広島平和記念資料館提供）

小学生のアシスタント

「ちょっとわしの手伝いをしてくれんかいのぉ。」

悲劇《ひげき》の傷《きず》あとが残る品々をひとりで集めていた長岡だったが、あるとき、近所に住む、玖波《くば》国民学校五年生の松本《まつもと》少年に声をかけた。助手が欲《ほ》しかったのだ。

「このおじさん、何をしょう思うとってんかいのぉ。」

興味《きょうみ》を持った少年は、月に二日程度《ていど》、学校の休みを利用して、長岡《ながおか》を手伝うことにした。

手伝いの日には、少年はリュックとだん袋《ぶくろ》（荷物を入れるための布製《ぬのせい》の大きな袋《ふくろ》）を持たされ、長岡《ながおか》とともに、玖波《くば》駅から山陽本線に乗って広島市内を目指した。下車するのは、だいたい広島駅のふたつ手前（当時）の己斐《こい》（現在《げんざい》の西広島）、あるいは、広島駅のひとつ手前（当時）の横川《よこがわ》だった。それらの駅から歩いて爆心地《ばくしんち》周辺を目指す。もちろん、道すがら、瓦礫《がれき》の中から瓦《かわら》などを拾《ひろ》った。

「今日もよろしゅう頼《たの》むのぉ。」

爆心地《ばくしんち》近くの崩《くず》れかけた建物にたどり着くと、必ず長岡《ながおか》はこう言って、松本《まつもと》少年にあんぱんひとつと四、五個《こ》の飴玉《あめだま》を差し出した。その日の昼食とおやつである。

崩《くず》れかけた建物――。

それは、広島市民から親しまれていた産業奨励館《しょうれいかん》のなれの果て。原爆《げんばく》で破壊《はかい》されて見るも無惨な姿《すがた》をさらし、人々からは、いつしか〝原爆《げんばく》ドーム〟と呼《よ》ばれるようになっていた。

長岡《ながおか》と少年の〝活動〟は、いつも、この原爆《げんばく》ドームを起点としていたのである。

「拾《ひろ》うたもんは、ここに集めとってくれ。ええか、わかっとるな。それから、何べんも言うとるけど、表面がツルツルしたきれいなもんは拾《ひろ》わんでええ。表面がトゲみたようになっとる瓦《かわら》やら、ザラザラした石やら、変形しとるガラスや茶碗《ちゃわん》の破片《はへん》やら、そがあなもんを拾《ひろ》いんさい。」

毎回、このようなことを言い残し、長岡《ながおか》はどこかへ姿《すがた》を消した。

ひとり残された松本《まつもと》少年は、いつも原爆《げんばく》ドームの近くを歩き回って、長岡《ながおか》の求めるものを探《さが》した。

拾《ひろ》ったものは、とりあえず手にした袋《ふくろ》に詰《つ》めていき、袋《ふくろ》がいっぱいになると、長《なが》岡《おか》の言いつけ通り、原爆《げんばく》ドームの中に置きに行く。そして、袋《ふくろ》を空《から》にしたら、また焼け野原を探索《たんさく》し、袋《ふくろ》がいっぱいになった時点でドームに戻《もど》って——を、何度も繰《く》り返《かえ》した。

今でこそ、原爆《げんばく》ドームには柵《さく》が巡《めぐ》らされて中に入ることはできないが、内側への立ち入りが禁止《きんし》されたのは、一九六二（昭和三七）年のことだった。それ以前は、誰《だれ》でも自由に出入りができたのだ。

「おぉ、お疲《つか》れじゃったのぉ。」

夕方近くになると、こう言いながら、パンパンになったリュックを背負《せお》って長岡《ながおか》は戻《もど》ってくる。恒例《こうれい》のことだった。

「今日はどがあなもんを拾《ひろ》うてくれたんかいのぉ。」

長岡《ながおか》は原爆《げんばく》ドームの中に入って少年が拾《ひろ》い集めたものをひとつひとつ確認《かくにん》して仕分けする。そして、必要なものだけを少年のリュックや袋《ふくろ》へ入れ、あとはその場に置き去りにして、帰路についた。

「ちぃと怖《こわ》いおじさんじゃのぉ。」

最初、少年は密《ひそ》かに思っていた。目が鋭《するど》い、あまり喋《しゃべ》らない、冗談《じょうだん》もほとんど言わない。それが「怖《こわ》い」理由。

だが、手伝いを続けるうち、少年の、長岡《ながおか》に対する印象もだんだんと変わっていくことになる。

「今日も頼《たの》むで。」

「ようやってくれた。お疲《つか》れじゃった。」

作業の最初や最後に、長岡《ながおか》は必ず少年に優《やさ》しい言葉をかけ、ときには、少年の頭をくしゃくしゃくしゃっと撫《な》でた。口数は決して多くないとはいえ、行きや帰りの列車の中で、いろいろなことを少年に話して聞かせてくれたりもした。

山口県の上関《かみのせき》に調査《ちょうさ》に行っているとき、ドンという音がして目が覚め、広島方面を見たら不気味な雲が空を覆《おお》っていたこと。その翌日《よくじつ》、広島で見た悲惨《ひさん》な光景のこと。真っ黒に焼けた死体があちこちに転がり、その合間を、「水、水」とつぶやきながらさまよう人々のこと……。

「ほんまにあんときは、広島市内が地獄《じごく》みたいじゃった……。罪《つみ》もない人が、なんで、あがいに苦しまんといけんかったんかいのぉ……。ひどいことよのぉ……。」

こんな話をするとき、長岡《ながおか》の目には、いつも涙《なみだ》が浮《う》かんでいた。

「ほいじゃけ、あの残酷《ざんこく》きわまりない惨状《さんじょう》を、日本国内はもちろん、世界の人々に知らせんといけんのじゃ。」

長岡《ながおか》は、少年に向かって口癖《くちぐせ》のように言っていた。

少年は、「このおじさん、本当は優《やさ》しい人なんじゃ」と思うと同時に、なぜ長岡《ながおか》が石ころなどを集めているのか、わかった気がした。長岡省吾《ながおかしょうご》という男の執念《しゅうねん》の

爆心地《ばくしんち》付近から東方面を切り取った写真。正面は、被爆《ひばく》前にはたくさんの銀行が並《なら》ぶ銀行街だった場所で、銀行の建物が焼け残っているのが見える。長岡《ながおか》は、毎日、このような廃墟《はいきょ》を歩き回った。（米軍撮影　広島平和記念資料館提供）

ようなものを感じ取ってもいた。

松本《まつもと》少年は、その後、二〇歳《はたち》になるまで長岡《ながおか》のアシスタントを務《つと》めることになる。

家族からの抗議《こうぎ》

原爆《げんばく》の熱線で表面が溶《と》けて固まった石ころや瓦《かわら》、ガラスのかけら、爆風《ばくふう》でねじ曲がってしまった鉄板……。

長岡《ながおか》の自宅《じたく》は、床《とこ》の間《ま》も座敷《ざしき》も、どこもかしこも、そんなものに占領《せんりょう》されていて、まるで博物館か何かの倉庫のようだった。

長岡《ながおか》の家族や近所の人たちは、それらの品々を〝ガラクタ〟と呼《よ》んだ。

「あんたんとこのお父さんは、ガラクタばっかりようけ集めとってじゃけど、いったいどうしてんつもりかいねぇ。」

近所の人たちは、長岡《ながおか》の妻《つま》のハルエや子ども*6たちを呼《よ》び止《と》めては、こんなことを聞いた。

その口調は、最初はまだ、失笑《しっしょう》まじりの優《やさ》しいものだったが、しばらくすると、厳《きび》しいものに変わっていった。

「あのガラクタにはピカドン[*7]の毒がついとるんじゃなかろうか。」

こう言って、近所の人たちは、長岡《ながおか》家の人々に冷たい視線《しせん》を投げかけるようになったのだ。

いつの頃《ころ》からか、広島では、あの爆弾《ばくだん》を〝ピカドン〟と呼《よ》ぶようになっていた。ピカッと光ってドンという爆音《ばくおん》がした——というのが、その名の由来だ。原爆《げんばく》投下からしばらく経《た》った頃《ころ》、広島の人々は、そのピカドンの毒について噂《うわさ》するようになっていた。

無傷《むきず》で生き残った人たちの中で、突然《とつぜん》、髪《かみ》の毛《け》が抜《ぬ》け、肌《はだ》に斑点《はんてん》が浮《う》かび、嘔吐《おうと》し、血便を出しながら死んでいく人が続出した。

これは、ピカドンの毒が原因《げんいん》らしいと人々はささやき合ったのだ。

「ピカドンをあびたもんにはピカドンの毒がついとるんよ。じゃけぇ、そがあなもんを近くに置いとったら、髪《かみ》の毛《け》が抜《ぬ》けたり、病気になったりするんよ。そがあなもんが近所によってあったら、恐《おそ》ろしいし、迷惑《めいわく》じゃわ。」

長岡《ながおか》の妻《つま》の前で、わざと聞こえるように言う人もいた。

近所の人たちの、長岡《ながおか》家に対する風当たりはどんどん強くなっていった。

「この、拾《ひろ》うてきたもん、もううちには置かんといてください。今すぐどっかへ捨《す》ててください。お父さん、知っとってですか。近所のもんはみんな言うとるんですよ。あのガラクタにはピカドンの毒がついとるゆうて。うちには子どももおるんです。お願いですから、すぐに捨《す》ててください。」

ある日のこと、それまで長岡《ながおか》のやることを黙《だま》って見守っていた妻《つま》のハルエが、初めて強い口調で言ったのだった。

「頼《たの》みますけぇ。」

ハルエは必死の形相で懇願《こんがん》した。

「これらは大切な資料《しりょう》なんじゃ!!」

長岡《ながおか》が言うと、ハルエはさらに語気を強めて詰《つ》め寄《よ》った。

「家族と、そんな石ころと、どっちが大事じゃ思うとるんですか!?」

「石ころに決まっとる！　これらは、お前たちよりも価値《かち》があるもんなんじゃ！」

長岡《ながおか》のあまりの迫力《はくりょく》に、ハルエは返す言葉もなく、目に涙《なみだ》をためて黙《だま》り込《こ》んだ。

家族よりも石ころのほうが大切——。

もちろん、長岡《ながおか》の本心ではない。長岡《ながおか》にとっては「どちらも大事」だったに違《ちが》いない。その証拠《しょうこ》に、妻《つま》との激《はげ》しいやりとりのあと、長岡《ながおか》は家の中にあった〝ガラクタ〟を屋外に出し、中庭で保管《ほかん》するという譲歩《じょうほ》をしたのである。

しかし、その後も*8被爆資料《ひばくしりょう》の収集《しゅうしゅう》は続行された。

あの夏の日から季節は移《うつ》り変《か》わり、一九四六（昭和二一）年の春を迎《むか》えた。

相変わらず長岡《ながおか》は広島市内を歩き回り、せっせと〝ガラクタ〟を拾《ひろ》い集めていた。

朝、家を出るとき、リュックには地質学《ちしつがく》の専門書《せんもんしょ》を詰《つ》められるだけ詰《つ》める。市内のあちらこちらにできていたヤミ市[*9]で売ってお金にかえるためだった。

毎日、毎日、自宅《じたく》から広島市内まで列車で通えば交通費もかかる。誰《だれ》もが生きていくのに、食べていくのに、精《せい》いっぱいの時代。長岡《ながおか》とて同様で、決して余裕《よゆう》があったわけではない。そんな中で交通費を捻出《ねんしゅつ》するには、貴重《きちょう》な専門書《せんもんしょ》を売るしかなかったのだ。大事なものを手放してでも、交通費が欲《ほ》しかった。長岡《ながおか》は、それほどまでに、瓦《かわら》や石を集めたかったのだ。

朝、市内を歩き回る前に、ヤミ市で本を売ってお金にかえ、空《から》になったリュックに、今度は、拾《ひろ》った石や瓦《かわら》を詰《つ》めて持ち帰る。これが長岡《ながおか》の日課だった。

あきらめたのか、長岡《ながおか》が〝ガラクタ〟を持ち帰ることについて、家族はもう何も言わなくなっていた。

妻《つま》のハルエは、家で、文具も置いた小さな書店を営《いとな》んで家計を支《ささ》え、家の側《そば》の小さな畑では芋《いも》や野菜をつくって食糧《しょくりょう》の足しにした。

「すまんのぉ……。」

口にこそ出さなかったが、長岡《ながおか》は家族に対して、こんな思いを抱《いだ》いていた。だから、せめてものつぐないのつもりだったのだろうか。その頃《ころ》、長岡《ながおか》は、家族への土産《みやげ》にわらびを持ち帰ることが多かった。

被爆《ひばく》後、広島が初めて迎《むか》えた春。焦土《しょうど》のあちこちで、わらびが芽を出すようになっていた。長岡《ながおか》は、被爆資料収集《ひばくしりょうしゅうしゅう》の帰り際《かえぎわ》に、それを採《と》るのを、いや、それを持ち帰って渡《わた》したときに妻子《さいし》が喜ぶ顔を見るのを、とても楽しみにしていたのだった。

長岡《ながおか》は、被爆資料《ひばくしりょう》を集める*10孤高《ここう》の科学者でもあったが、一方で、〝優《やさ》しいお父さん〟の顔も持っていた。

使命感と責任感《せきにんかん》

ならない。」

「原爆《げんばく》によってもたらされた残酷《ざんこく》きわまりない惨状《さんじょう》を世界の人々に知らせなければ

そんな長岡《ながおか》の熱意はなかなか理解《りかい》されず、周囲からは冷ややかな目を向けられることも多かった。「変わりもん」、「頭がどうかしとる人」などと陰口《かげぐち》を叩《たた》かれた。

だが、いくら好奇《こうき》の目を向けられても、いくらバカにされても、長岡《ながおか》は、決してへこたれず、会う人、会う人に、協力を求めたりもした。

「後日、必ず大切なものになるはずじゃけぇ、調査《ちょうさ》にぜひとも協力してください。」

長岡《ながおか》は、友人の紹介《しょうかい》で初めて会った坂田《さかた》さんにも、頭を下げた。

「被爆《ひばく》のあとをとどめた石や瓦《かわら》ならなんでもええんです。墓石《はかいし》や鳥居《とりい》など、倒壊《とうかい》をまぬがれているものなら、なおええんですけどねぇ。」

こう言って、被爆資料《ひばくしりょう》の収集《しゅうしゅう》への協力を頼《たの》んだのだ。

戦後一、二年の頃《ころ》の広島の街は、まだ瓦礫《がれき》の山だった。原爆《げんばく》をあびた石などは、そこらじゅうに転がっていた。

そんなものをわざわざ拾《ひろ》い集める意味がよくわからない……。

当時の市民の正直な感想で、坂田《さかた》さんも同様の思いを持っていた。だが、丸メガネの奥《おく》の長岡《ながおか》の目に、真剣《しんけん》な光が宿っているのを確《たし》かに感じ、その信念と熱意を汲《く》み取《と》った。そして、その収集《しゅうしゅう》を手伝うことにしたのだった。

洋服の仕立て商を営《いとな》んでいた坂田《さかた》さんは、仕事の合間を縫《ぬ》って爆心地《ばくしんち》近くの寺社などを回り、石ころなどを積んだ大八車《だいはちぐるま》を引《ひ》っ張《ぱ》った。

坂田《さかた》さんは、爆心地《ばくしんち》近くで生まれ育った人だ。一瞬《いっしゅん》にして亡《な》くした複数《ふくすう》の肉親、大勢《おおぜい》の友だちや知り合い、そして、ふるさとの街並《まちな》み……。坂田《さかた》さんが被爆《ひばく》の痕跡《こんせき》をとどめたものを収集《しゅうしゅう》するのは、〝ふるさとや肉親の遺品《いひん》集め〟との思いがあった。

そのうち、ひとり、またひとり、と、坂田《さかた》さんのような人が出現《しゅつげん》し、やがて、七、八人の協力者グループができた。医者、小売店の店主、公務員《こうむいん》——職業《しょくぎょう》はいろいろだったが、どの人も、長岡《ながおか》と同じ思いを持つ広島市民だった。

当初、そのグループは〝長岡後援会《ながおかこうえんかい》〟と名乗ったが、のちに〝原爆資料蒐集《げんばくしりょうしゅうしゅう》後援会《こうえんかい》〟、次に〝原爆資料《げんばくしりょう》集成後援会《こうえんかい》〟と名称《めいしょう》を変え、最終的には会員二六人からなる〝原爆資料保存会《げんばくしりょうほぞんかい》〟となって、長岡《ながおか》の活動を支《ささ》え続けることになる。

支援《しえん》グループができた頃《ころ》から、長岡《ながおか》は収集《しゅうしゅう》するものの範囲《はんい》を広げていた。

当初は、石や瓦《かわら》が主で、いかにも地質《ちしつ》学者らしいものだったが、そのうち、つぶれた自転車、溶《と》けてグニャリとねじれたビールびん、爆風《ばくふう》で数キロも先に飛ばされた紙幣《しへい》、炭化したご飯が入ったままのアルミの弁当箱《べんとうばこ》、焼けあとから見つかった懐中《かいちゅう》時計、被爆《ひばく》していた人が着ていた衣類など、原爆《げんばく》の痕跡《こんせき》が残るものなら、何でも集めるようになっていったのだ。

その変化は、長岡《ながおか》自身の心の変化のあらわれでもあった。

広島に原爆《げんばく》が落とされた翌日《よくじつ》、爆心地《ばくしんち》に近い護國《ごこく》神社にたどり着いた長岡《ながおか》は、花《か》崗岩《こうがん》でできた石灯ろうの台石が針《はり》のムシロのようになっていることを発見した。この体験から、「目の前の未知の現象《げんしょう》を科学的に究明しよう」と、被爆《ひばく》した瓦《かわら》や石ころなどを集め始めることになった。

最初そこにはあったのは、地質《ちしつ》学者としての、〝未知の現象《げんしょう》〟への純粋《じゅんすい》な好奇心《こうきしん》と、「それを究明しなければ！」という使命感だった。

だが、瓦礫《がれき》の中を歩き回っているうちに、長岡《ながおか》の心に、別の思いも生まれてくる。

自分はなぜ生かされたのか。生き残った自分は、どうすべきか。

廃墟《はいきょ》となった街を歩き回ることで、言葉では言いあらわせないほどの悲劇《ひげき》を目にした長岡《ながおか》は、いつも考えるようになっていた。

生き残った自分は、亡《な》くなった人への責任《せきにん》がある。

大勢《おおぜい》の人が悲惨《ひさん》な死に方をしたというのに、今、自分はこうして生きている。

そんな罪悪感《ざいあくかん》もあった。

亡《な》くなった人への責任《せきにん》を果たすために、また、生き残ったことへの罪悪感《ざいあくかん》を払《ふっ》拭《しょく》するためにも、地質《ちしつ》学者として、というよりも、ひとりの人間として、何か行動を起こさずにはいられず、長岡《ながおか》は被爆資料《ひばくしりょう》を集めるようになっていた。

「広島は一発の恐《おそ》ろしい爆弾《ばくだん》で全滅《ぜんめつ》したんじゃ。わしが集めとるもんは、そのことを世界中に知らせるための貴重《きちょう》な証拠《しょうこ》じゃ。何も知らずに死んでいった人たちや、今、この瞬間《しゅんかん》も苦しんでいる人たちのためにも、もっと集めにゃあならんのじゃ。」

長岡《ながおか》は、被爆資料《ひばくしりょう》の収集《しゅうしゅう》にますますのめり込《こ》んでいった。

それればかりか、原爆《げんばく》の恐《おそ》ろしさを世界に知らせるための〝貴重《きちょう》な証拠《しょうこ》〟は、被《ひ》爆《ばく》した石や瓦《かわら》だけではない、と、思《おも》い至《いた》るようになり、原爆《げんばく》の痕跡《こんせき》が残るものなら何でも集めるようになったのだった。

悪魔《あくま》の刻印《こくいん》――。

原爆《げんばく》の爪《つめ》あとが残るものを、長岡《ながおか》はこう呼《よ》んだ。

「悪魔《あくま》の刻印《こくいん》はあらゆるところにあるんじゃ。それらを、とにかく集めんといけん。」

こう言う長岡《ながおか》にとって、被爆《ひばく》当時の悲惨《ひさん》な被害者《ひがいしゃ》を写した写真も〝悪魔《あくま》の刻印《こくいん》〟

が押《お》されたものにほかならなかった。その写真のネガフィルムを手に入れるため、愛用のカメラを手放したこともある。カメラと引きかえに、ネガフィルムを譲《ゆず》ってもらったのだ。

「広島の原爆《げんばく》がどんだけ恐《おそ》ろしいもんじゃったかを、世界中の人に、あとの時代の人に、わからせるためには、誰《だれ》かがやらんといけん仕事なんじゃ。」

こう言い続けていた長岡《ながおか》にとって、大事な資料《しりょう》を入手できるのなら、カメラを手放すことなど、何でもないことだったのだ。

＊1　**箝口令**《かんこうれい》……ある事柄《ことがら》についての発言を禁《きん》じること。

＊2　**報道統制**《ほうどうとうせい》……政府《せいふ》など公《おおやけ》の権力《けんりょく》が新聞などの報道《ほうどう》に対して行う規制《きせい》。

＊3　**長崎**《ながさき》……広島に原爆《げんばく》が落とされた三日後、一九四五（昭和二〇）年八月九日午前一一時二分、長崎《ながさき》にも原爆《げんばく》が投下された。

*4
ゲートル……すね当て形式の、脚部《きゃくぶ》（足首からひざ下まで）を保護《ほご》する被服《ひふく》の総称《そうしょう》。布《ぬの》や皮革《ひかく》でできている。脚《きゃ》絆《はん》ともいう。

*5
スクラップ……かけら。小片《しょうへん》。

*6
子どもたち……長岡《ながおか》は九人の子ども（二男七女）の父親だった。その当時、長女はすでに嫁《とつ》ぎ、長男は独立《どくりつ》して家を離《はな》れており、家には、嫁《よめ》入《い》り前の成人した娘《むすめ》から小学生までの六人の娘《むすめ》と、小学校に上がる前の次男、合計七人の子どもがいた。

*7
ピカドンの毒……原爆《げんばく》投下時、一般人《いっぱんじん》はもちろん、一部を除《のぞ》いて医療《いりょう》関係者でさえ放射線《ほうしゃせん》に関する知識《ちしき》はゼロだった。つまり、人々にさまざまな症状《しょうじょう》が出ているのが放射線《ほうしゃせん》のせいだとはわからなかった。「原子爆弾《ばくだん》の中に人体に有害な毒ガスが混入《こんにゅう》されており、それが原因《げんいん》で病気になる」という俗説《ぞくせつ》が流れていたこともあり、原爆《げんばく》投下時にはけがなどせず、外見上は何の問題もなかった人が突然《とつぜん》亡《な》くなったり、被災地域《ひさいちいき》に入った人だけが病気になって倒《たお》れたりすると、「ピカドンの毒のせい」と言って恐《おそ》れられたのだった。当時の人々にとって〝ピカドンの毒＝放射線《ほうしゃせん》〟ではなかった。

*8
被爆資料《ひばくしりょう》……熱線で焼けた瓦《かわら》や石ころ、変形したガラスのびんや茶碗《ちゃわん》など被爆《ひばく》の脅威《きょうい》や悲惨《ひさん》さを伝えるもののこと。被爆《ひばく》の惨状《さんじょう》を切り取った写真や、原爆《げんばく》の犠牲《ぎせい》になった人々が身につけていた洋服や時計なども含《ふく》まれるが、後者は、被爆資料《ひばくしりょう》の中でも、特に〝遺品《いひん》〟と呼《よ》んで区別することもある。

*9
ヤミ市……非合法《ひごうほう》の取り引きを行う市場。戦後、食糧《しょくりょう》や物資《ぶっし》が極端《きょくたん》に不足する中、人々はこの市場で必要なものを手に入れた。

*10
孤高《ここう》……俗世間《ぞくせけん》から離《はな》れて、ひとり高い志《こころざし》を守ること。また、そのさま。

長岡《ながおか》が収集《しゅうしゅう》した被爆資料《ひばくしりょう》の一部。①高温で溶《と》けて付着した急須《きゅうす》と陶器《とうき》。②熱線をあびた丸瓦《まるがわら》。③熱で変形したビールびん。④熱で溶《と》けてくっついた瓦《かわら》の塊《かたまり》（溶融塊《ようゆうかい》）。⑤原爆《げんばく》をあびて変質《へんしつ》した石材片《へん》。⑥溶《と》けた瓦《かわら》に陶器《とうき》が付着した溶融塊《ようゆうかい》。⑦熱と爆《ばく》風《ふう》とでグニャリとなった自転車。（長岡省吾寄贈　広島平和記念資料館提供）

原爆《げんばく》でもっとも恐《おそ》ろしいのは放射線被害《ほうしゃせんひがい》

原爆《げんばく》の特徴《とくちょう》は、爆発《ばくはつ》時のエネルギーがケタはずれに大きく、さらに、人体に危険《きけん》な放射線《ほうしゃせん》を出すことだ。爆発《ばくはつ》の瞬間《しゅんかん》、放射線《ほうしゃせん》は強烈《きょうれつ》な熱線とともに四方八方へ放射《ほうしゃ》された。この放射線《ほうしゃせん》は「初期放射線《ほうしゃせん》」(爆心地《ばくしんち》に近いほど強い)と呼《よ》ばれ、大きな被害《ひがい》をもたらした。爆心地《ばくしんち》近くでこの放射線《ほうしゃせん》をあびた人は致命的《ちめいてき》な影響《えいきょう》を受け、多くは即死《そくし》か数日中に亡《な》くなっている。

初期放射線《ほうしゃせん》のあとは、「残留放射線《ざんりゅうほうしゃせん》」が地上に残され、これもまた被害《ひがい》を拡大《かくだい》させた。肉親や同僚《どうりょう》などを捜《さが》すために、救護《きゅうご》活動のために、あとから広島市に入った人々の中には、直接被爆《ちょくせつひばく》した人と同じように発病したり、亡《な》くなったりする人も多数いた。原爆《げんばく》投下の翌日《よくじつ》広島市に入った長岡省吾《ながおかしょうご》があびたのも、この残留放射線《ざんりゅうほうしゃせん》だ。

初期放射線《ほうしゃせん》にしろ、残留放射線《ざんりゅうほうしゃせん》にしろ、放射線《ほうしゃせん》をあびると、数週間以内に脱毛《だつもう》、皮下や歯ぐきなどからの出血、発熱、吐《は》き気《け》、倦怠感《けんたいかん》などの症状《しょうじょう》があらわれる。これを「急性放射線障害《きゅうせいほうしゃせんしょうがい》」と呼《よ》ぶが、放射線《ほうしゃせん》の恐《おそ》ろしさは、それだけではない。「晩発性放射線障害《ばんぱつせいほうしゃせんしょうがい》」といって、被爆《ひばく》しても元気だった人に、何年も経《た》ってから、がん、白血病、悪性貧血《あくせいひんけつ》などの症状《しょうじょう》があらわれることもあるのだ。放射線《ほうしゃせん》が長い期間に人体に及《およ》ぶ影響《えいきょう》については、まだ十分にわかっておらず、現在《げんざい》も研究が続けられている。

ちなみに、現在《げんざい》、広島や長崎《ながさき》にある放射線《ほうしゃせん》は、地球上のどこにでもあるレベルで、人体に影響《えいきょう》を与《あた》えることはない。原爆《げんばく》で大きな被害《ひがい》をもたらしたのは、強烈《きょうれつ》な初期放射線《ほうしゃせん》だ。そのあとには残留放射線《ざんりゅうほうしゃせん》が放射《ほうしゃ》されたが、残留放射線《ざんりゅうほうしゃせん》のうちの「誘導放射線《ゆうどうほうしゃせん》」(初期放射線《ほうしゃせん》に含《ふく》まれた中性子線《ちゅうせいしせん》によって放射化《ほうしゃか》※された土、石、金属《きんぞく》などから放出される放射線《ほうしゃせん》) は100時間後くらいまでは高い放射線《ほうしゃせん》量だったが、その後は急速に減《へ》っていった。ある研究報告《ほうこく》によると、1週間後には100万分の1の量になったという。

長岡《ながおか》が爆心地《ばくしんち》近くで拾《ひろ》い集めた瓦《かわら》や石ころなどからも、誘導放射線《ゆうどうほうしゃせん》が放出されていたはずだが、誘導放射線《ゆうどうほうしゃせん》は放射《ほうしゃ》直後がもっとも強く、その後、急速に減弱《げんじゃく》すること、また、爆心地《ばくしんち》付近では周囲のものすべてが放射化《ほうしゃか》されているため、そこにいる人が受ける放射線《ほうしゃせん》は強くなるが、持ち出した個々《ここ》の石や瓦《かわら》からの放射線《ほうしゃせん》は、そのごく一部に過《す》ぎないことから、それらを持っていること、家に置いていることによって健康被害《ひがい》が生じるとは考えにくいのではないかとされている。

※放射化《ほうしゃか》……ほかの放射性物質《ほうしゃせいぶっしつ》から発生する放射線《ほうしゃせん》を受けることによって、もともと放射能《ほうしゃのう》がない物体が放射能《ほうしゃのう》を帯《お》びるようになること。

第四章
平和都市ヒロシマの創《そう》造《ぞう》に向けて

市長からのラブコール

「原爆《げんばく》の被害《ひがい》を後世に伝え残さなければならない。」

被爆《ひばく》から月日が経《た》つにつれ、少しずつではあるが、広島市民の中からも、こんな声があがるようになっていた。一九四七（昭和二二）年、初代の民選市長に就任《しゅうにん》した浜井信三《はまいしんぞう》[*1]もまた、被爆資料《ひばくしりょう》の保存《ほぞん》については、早くから考えていた。[*2]

「今は市内のいたるところにある原爆《げんばく》の爪《つめ》あとも、そのうち消えてなくなるんじゃなかろうか。今、集めておかんと、資料《しりょう》がなくなるで。集めとけば、いずれは役に立つと思うとるんじゃが、どうしたらええもんか。」

あるとき、浜井《はまい》市長は側近の秘書《ひしょ》課長に相談した。すると課長は、「専門家《せんもんか》に頼《たの》むのがよいでしょう。この人に相談してみては」と、ある大学教授《きょうじゅ》の名をあげた。さっそく市長がその教授《きょうじゅ》に相談したところ、教授《きょうじゅ》は、適任者《てきにんしゃ》をあれこれと物色した末、次のように言った。

「地質学《ちしつがく》をやっている長岡省吾《ながおかしょうご》君というのがおります。彼《かれ》はどうでしょうか。」

浜井《はまい》市長は、さっそく長岡《ながおか》と会う約束を取りつけた。

そして約束の日、長岡《ながおか》は、自分が集めた石などを持参して役所へ赴《おもむ》いた。

「この石の表面を見てください。針《はり》のムシロのようになっとるでしょう。これは、原爆《げんばく》の強烈《きょうれつ》な熱線をあびて石が溶《と》けたからです。いったん溶《と》けたもんが固まって、こがあになっとるんです。原爆《げんばく》がどんだけの威力《いりょく》を持っとるかがわかるでしょう。この石は花崗岩《かこうがん》ですが、これが溶《と》けるときの温度は――。」

地質《ちしつ》学者にとって、こんな説明をすることなどお手のものだ。長岡《ながおか》は持ってきた被爆資料《ひばくしりょう》について、科学的に詳《くわ》しく説いて聞かせた。

「市長、こういう資料《しりょう》はものすごぉ大事なんですわ。ほいじゃけ、わしは、こがあなもんをコツコツ集めてきたんです。市としても、ちゃんと集めとかんといけんのじゃないですか。それが被爆地《ひばくち》・広島の使命じゃないんですかいのぉ。早《はよ》う始めんと、そのうち資料《しりょう》はなくなりますよ。なくなってからじゃあ、手遅《ておく》れじゃ。」

長岡《ながおか》は熱く語った。

「これは広島にとって、得がたい貴重《きちょう》な人物だ！」

そう直感した市長は、長岡《ながおか》の採用《さいよう》を即決《そっけつ》した。

一九四七（昭和二二）年五月に広島文理科大学を辞《や》めていた長岡《ながおか》にとっては、願ってもないことだった。

《原子爆弾《ばくだん》に関する臨時《りんじ》調《ちょう》査《さ》事《じ》務《む》を嘱託《しょくたく》する》

この辞令によって、一九四八（昭和二三）年、長岡《ながおか》は広島市の嘱託《しょくたく》職員《しょくいん》になった。

これまで自費でコツコツ行ってきた活動が、広島市の業務《ぎょうむ》として、正式に認《みと》められたのである。

しかし、その自分の活動が原点となって、いずれは世界的に有名になる博物館が誕生《たんじょう》することになるなどとは、そのときの長岡《ながおか》は夢《ゆめ》にも思っていなかった。

長岡《ながおか》は、時間があれば、街に出て被爆資料《ひばくしりょう》の収集《しゅうしゅう》と調査《ちょうさ》に当たっていた。上は土を掘《ほ》って、被爆資料《ひばくしりょう》を探《さが》しているところ。下は、熱線によって石に残された影《かげ》を調査《ちょうさ》中。長《なが》岡《おか》は、さまざまな場所で影《かげ》の角度を調べることにより、爆心地《ばくしんち》の特定に成功した。（長岡省吾収集　広島平和記念資料館提供）

〝資料館《しりょうかん》の原点〟誕生《たんじょう》

一九四九（昭和二四）年七月、広島市にとって最初の公民館、広島市中央公民館が開設《かいせつ》された。このとき、浜井《はまい》市長は、館内の一室を原爆資料《げんばくしりょう》の保管《ほかん》場所にあてることにした。それはすなわち、ここを長岡《ながおか》の活動拠点《きょてん》として与《あた》えるということだった。

前年の暮《く》れ、市長に見込《みこ》まれ、長岡《ながおか》は原爆《げんばく》の調査《ちょうさ》をするために市の嘱託職員《しょくたくしょくいん》になった。だが、その頃《ころ》、広島市の機構《きこう》の中に、長岡《ながおか》がやっているような業務《ぎょうむ》を行う部署《ぶしょ》はなく、長岡《ながおか》の机《つくえ》はとりあえず秘書課《ひしょか》に置かれることになった。

ところが、長岡《ながおか》は石ころや瓦《かわら》などを大量に持《も》ち込《こ》み、秘書課《ひしょか》の部屋を足の踏《ふ》み場《ば》もないほどにしてしまう。困《こま》り果《は》てた市側は、まだ使われていなかった市長公室に長岡《ながおか》の机《つくえ》を移《うつ》す。すると今度は、大人の男がひとりでやっと抱《かか》えられるかどうかの大きな石を持《も》ち込《こ》むようになったものだから、職員《しょくいん》一同びっくり、あきれ顔。

「これは専用《せんよう》の部屋をあてがっておかないと、大変なことになりそうだ。」

そんな市長の判断《はんだん》で、公民館の一室が長岡《ながおか》に与《あた》えられたのだった。長岡《ながおか》は、さっそく、市長公室や自宅《じたく》に置いていた大量の被爆資料《ひばくしりょう》をその部屋へ運《はこ》び込《こ》む。そして、公民館開設《かいせつ》の二か月後の九月、原爆《げんばく》参考資料陳列室《しりょうちんれつしつ》が開室した。この陳列室《ちんれつしつ》こそ、現在《げんざい》の広島平和記念資料館《しりょうかん》の原点だ。

陳列《ちんれつ》の目的は、松本《まつもと》少年や長岡後援会《ながおかこうえんかい》の有志《ゆうし》たちに手伝ってもらって集めた被爆《ひばく》資料《しりょう》を人々に見せ、原爆《げんばく》の怖《こわ》さを感じてもらうことだった。

とはいえ、その陳列室《ちんれつしつ》は、机《つくえ》やイスの上に紙を敷《し》き、被爆《ひばく》した瓦《かわら》や石を置いただけの簡素《かんそ》なもの。〝展示《てんじ》〟というより、名前の通り、単に〝陳列《ちんれつ》〟してあるだけで、素人《しろうと》が見ても、何が何だかよくわからなかった。

しかも、活動拠点《きょてん》ができたことで、長岡《ながおか》は収集《しゅうしゅう》活動により熱を入れるようになったものだから、その部屋は、すぐに、〝よくわからない〟品々であふれ返った。

熱線で焼かれた石ころ、瓦《かわら》、溶《と》けたガラスの破片《はへん》、割《わ》れてくっついた陶器《とうき》、やけどのようなあとが残った竹……。

狭《せま》い部屋の中に、これでもか、これでもか、と並《なら》べられている被爆資料《ひばくしりょう》を、市民の中には、違《ちが》う意味で、わざわざ見に来る人もいた。「原爆《げんばく》の恐《おそ》ろしさを伝える被《ひ》爆資料《ばくしりょう》を見る」が目的ではなく、「もの好きな学者がわけのわからんことをやっているのを見てみたい」という好奇心《こうきしん》からだった。

「こがあなガラクタばっかり集めてどうするんか。ほかにすることはないんかのぉ。」

長岡《ながおか》の前で、堂々と嫌味《いやみ》を言う人も珍《めずら》しくなかった。

「びっくりじゃのぉ。ほんま、どうかしとるよ、この先生は。」

冷やかしの目で、長岡《ながおか》の顔をのぞき込《こ》む人もいた。

しかし、当の本人は気にも留《と》めてはいなかった。

広島市の袋町《ふくろまち》という場所に、かつて広島富国《ふこく》館（現在《げんざい》のフコク生命ビル）と呼《よ》ばれる地上七階、地下一階建てのビルがあった。爆心地《ばくしんち》から三三〇メートルの距離《きょり》にあり、原爆《げんばく》で倒《たお》れはしなかったものの、地下以外は焼き尽《つ》くされていた。

この広島富国館《ふこく》から原爆《げんばく》参考資料陳列室《しりょうちんれつしつ》に、最上階天井《てんじょう》部分の巨大《きょだい》な鉄骨《てっこつ》が寄贈《きぞう》されることになった。爆風《ばくふう》で切断《せつだん》され、大きく曲がったそれは、原爆《げんばく》のすさまじさを物語る貴重《きちょう》な資料《しりょう》だ。長岡《ながおか》は喜んでいただくことにした。

しかし、いかんせん、重さが一〇トン以上、長さが五メートル以上の巨大《きょだい》な鉄骨《てっこつ》だ。ひとまず公民館の軒下《のきした》に置かせてもらって、その日は帰宅《きたく》した。

「原爆《げんばく》の熱線が鉄骨《てっこつ》にどんな影響《えいきょう》を与《あた》えとるか調べるのが先決じゃ。置き場を考えるのはそれからでええじゃろ。」

そんなことを思いながら、翌日《よくじつ》、巨大《きょだい》な鉄骨《てっこつ》の調査《ちょうさ》を楽しみにして出勤《しゅっきん》した長岡《ながおか》は、一瞬《いっしゅん》、言葉を失った。なんと、前日は五メートルの長さがあった鉄骨《てっこつ》が、わずか一メートルほどに縮《ちぢ》んでいるではないか。

鉄骨《てっこつ》が自然に小さくなるわけはない。その当時、金属《きんぞく》は貴重《きちょう》なものだった。瓦礫《がれき》の中から鉄くずを掘《ほ》り出《だ》す連中も多かったが、盗人《ぬすっと》も少なくなかった。日本全国津々浦々《つつうらうら》、マンホールのふたはいつの間にかなくなり、公園や校庭などの水道の蛇口《じゃぐち》ももぎとられるようなありさま。そんなご時世に、巨大《きょだい》な鉄骨《てっこつ》を、ひと晩《ばん》、軒下《のきした》に置きっ放しにしたのである。まるで大金を屋外に転がしていたようなものだ。

「……。」

しかめ面《つら》をした長岡《ながおか》は、五分の一ほどになってしまった鉄骨《てっこつ》をしばらく無言で眺《なが》めていたが、そのうち「あはは」と、自分の迂闊《うかつ》さを豪快《ごうかい》に笑い飛ばした。

平和都市ヒロシマの始まり

話は少しさかのぼる。

中央公民館の一室に原爆《げんばく》参考資料陳列室《しりょうちんれつしつ》が開設《かいせつ》される四か月前の一九四九（昭和二四）年五月、広島平和記念都市建設《けんせつ》法案が国会で可決《かけつ》され、その二か月後の住民投票で九割《わり》を超《こ》える賛成《さんせい》を得て、広島平和記念都市建設《けんせつ》法という法律《ほうりつ》が成立した。

原爆《げんばく》で廃墟《はいきょ》と化した広島市の復興《ふっこう》は、税収《ぜいしゅう》の激減《げきげん》などから困難《こんなん》を極《きわ》めていた。早い話、お金がなかったのだ。市は、国に対して援助《えんじょ》を求めたものの、当時、多くの都市が戦災《せんさい》にあっていて、復興《ふっこう》に費やすお金が欲《ほ》しいのはどこも同じだった。そんな中で、国が広島市だけに特別な援助《えんじょ》を与《あた》えるためには、法的な根拠《こんきょ》が必要だった。その根拠《こんきょ》として制定《せいてい》されたのが、広島平和記念都市建設《けんせつ》法だ。

この法律《ほうりつ》が成立したことにより、広島市を、世界平和のシンボルとして建設《けんせつ》することが国家的事業として位置づけられた。

〝平和都市ヒロシマ〟の始まりだ。

平和都市建設《けんせつ》の第一歩として、広島市は、爆心地《ばくしんち》一帯を広島平和記念公園（平和公園）として整備《せいび》する計画を打ち出した。

爆心地《ばくしんち》のある中島《なかじま》地区。

*3 相生橋《あいおい》の下流に広がるこのエリアは、江戸《えど》時代からあの日まで広島市の中心的な

繁華街《はんかがい》だった。古くからの小間物《こまもの》問屋や玩具店《がんぐてん》などが軒《のき》をつらね、映画館《えいがかん》、ビリヤード場、写真館、寿司屋《すしや》、洋食屋、カフェー*4などもひしめいていた。

川沿《かわぞ》いは、春は桜《さくら》を見る花見客で賑《にぎ》わい、夏には水浴びをする子どもたちの歓声《かんせい》が響《ひび》き渡《わた》り、元安《もとやす》川べりに大正時代に建てられた産業奨励《しょうれい》館（現在《げんざい》の原爆《げんばく》ドーム）の側《そば》では、瀬戸内海《せとないかい》をさかのぼってきた船が盛大《せいだい》に荷揚《にあ》げをした。

市内屈指《くっし》の繁華街《はんかがい》。この賑《にぎ》やかな街の上で、原爆《げんばく》は炸裂《さくれつ》した。

中島《なかじま》地区は、瞬時《しゅんじ》にして一面焼け野原になった。ただ、寺の敷地内《しきちない》の墓地《ぼち》があったところには、たくさんの倒《たお》れかけた墓石《はかいし》が残されていた。また、平和公園の計画が持ち上がった頃《ころ》には、ぽつぽつと簡素《かんそ》な住宅《じゅうたく》も建ち始めていた。それらをすべて撤去《てっきょ》して更地《さらち》にし、恒久《こうきゅう》平和の象徴《しょうちょう》の地として生まれ変わらせる。

一九五〇（昭和二五）年、その壮大《そうだい》なプロジェクトがスタートした。

広島平和記念都市建設《けんせつ》法により、爆心地《ばくしんち》のある中島《なかじま》地区は、平和公園として整備《せいび》されることになった。この頃《ころ》には、バラックが立《た》ち並《なら》んでいたが、それらをすべて撤《てっ》去《きょ》して広大な公園にするという壮大《そうだい》なプロジェクトがスタートしたのだ。中央に見えるアーチ型のオブジェは、資料館《しりょうかん》に先立ってつくられた原爆死没者慰霊碑《げんばくしぼつしゃいれいひ》。（長岡省吾収集　広島平和記念資料館提供）

原爆《げんばく》記念館の開設《かいせつ》

プロジェクトのスタートと前後して、原爆《げんばく》記念館が開設《かいせつ》した。公民館の中に設《もう》けた陳列室《ちんれつしつ》が被爆資料《ひばくしりょう》でいっぱいになって収拾《しゅうしゅう》がつかなくなったため、公民館の北隣《きたどなり》に新しい建物を建て、原爆《げんばく》記念館としてオープンしたのだ。一九五〇（昭和二五）年八月六日のことである。

小さな施設《しせつ》だったが、広島市の市勢要覧《しせいようらん》*5に観光施設《しせつ》として紹介《しょうかい》されたこともあり、大型の観光バスが乗りつけるなどしてたくさんの人が訪《おとず》れるようになった。見学者は、一日平均《へいきん》、日本人四〇〇名、外国人三〇名にのぼった。

しかし、海外からも要人が訪《おとず》れるまでの施設《しせつ》だというのに、この記念館を守っていたのは、長岡《ながおか》たったひとりだけだった。人手が足りず、日曜日には閉館《へいかん》していて、見学希望者からは苦情《くじょう》も出ていたが、いたしかたがないことだった。人を雇《やと》おうにも、お金はなかった。

当初、市が記念館に計上した予算は文具費（一九五〇年当時のえんぴつ一本の値《ね》段《だん》は一〇円ほど）として、年間でたったの三二〇〇円。これが同館運営《うんえい》費用の全部で、お茶代や暖《だん》をとるためのマキや炭などは、すべて長岡《ながおか》の私費《しひ》でまかなっていた。中学生になった松本《まつもと》少年には、相変わらず資料《しりょう》の収集《しゅうしゅう》を手伝ってもらっていたが、彼《かれ》に払《はら》うわずかなアルバイト代も、もちろん、長岡《ながおか》の財布《さいふ》から出した。お金を節約するために、資料《しりょう》の調査《ちょうさ》や整理の手伝いは、気心が知れた友だちなどに無償《むしょう》で頼《たの》むこともあった。

費用がないため、館内に展示《てんじ》する広島市の立体模型《もけい》地図（パノラマ）も手づくりした。

被爆《ひばく》後の市内の様子をダンボールで立体的な地図にする。写真をもとにして友人の画家に廃墟《はいきょ》などの絵を描《か》いてもらい、松本《まつもと》少年や長岡《ながおか》の子どもたちが、それを切《き》り抜《ぬ》いて、のりでダンボール紙に貼《は》っていく。壊《こわ》れたビルの鉄筋《てっきん》や原爆《げんばく》ドームの屋根は針金《はりがね》を使って表現《ひょうげん》した。これにかかった必要経費《けいひ》もまた、長岡《ながおか》が自腹《じばら》を切った。

原爆《げんばく》の悲劇《ひげき》をみんなに知ってもらいたい。そのためには、どうしたらいいか。長岡《ながおか》はいつも心を砕《くだ》いていた。「実際《じっさい》の被爆資料《ひばくしりょう》を見せて原爆《げんばく》のむごたらしさを訴《うった》える」というのが長岡《ながおか》の基本的《きほんてき》な考えだったが、立体模型《もけい》地図は、それを補足《ほそく》するのに、どうしても必要なものだったのだ。

また、本当なら、来館者ひとりひとりに原爆《げんばく》の威力《いりょく》や、それがもたらした悲劇《ひげき》について説明をしてあげたい、と長岡《ながおか》は思っていたが、何しろ、原爆《げんばく》記念館を守っているのは彼《かれ》ひとりだけ。それはとても不可能《ふかのう》だった。「ならばせめて」と、原爆《げんばく》についてわかりやすく解説《かいせつ》したガリ版《ばん》*6刷りのパンフレットを作成し、無料で来館者に配ったりもした。パンフレットに載《の》せる文章の原稿《げんこう》を書いたのは長岡《ながおか》自身。印刷にかかった費用は、これまた長岡《ながおか》が自分で負担《ふたん》した。

途中《とちゅう》からは、資料採集費《しりょうさいしゅう》などとして、五万円（当時の会社員の平均月給約四か月分）の予算がつけられるようになったが、これでもまったく足りなかった。

「一年間にたった五万円の経費《けいひ》では、どうするわけにもいきませんわい。」

長岡《ながおか》は、取材にやって来た新聞記者にこぼしたものだ。

館内には、原爆《げんばく》をあびた瓦《かわら》や石、樹木《じゅもく》、被爆《ひばく》した人が身につけていた衣類、原爆《げんばく》の悲惨《ひさん》さをあらわす写真など、せっせと集めた約一万点のうちの一部が並《なら》べられていた。だが、整理が追いつかず、焼け瓦《がわら》や樹木《じゅもく》の燃《も》えはしなどがゴチャゴチャとうず高く積み上げられている場所もあった。

しかも、少ない予算をやり繰《く》りしてせっかく集めた資料《しりょう》も、わずか五、六着しかない希少な被爆《ひばく》衣類には虫がつき、それ以外の資料《しりょう》も、雨もりで水をかぶるなどして破損《はそん》するものが続出していた。貴重《きちょう》な資料《しりょう》だというのに、衣類にしても写真にしても、ケースにも入れず、すべてむき出しのまま、陳列台《ちんれつだい》や机《つくえ》の上に並《なら》べられているだけだったのだ。だが、どうにかしようにも、お金はなく……。

「本（地質学《ちしつがく》の専門書《せんもんしょ》）も売り尽《つ》くしてしもうたけぇ……。どうにもならんわ。」

長岡《ながおか》が理想とする施設《しせつ》ができるまでには、まだ時間が必要だった。

①

②

①1950（昭和25）年8月6日にオープンした原爆記念館《げんばくきねんかん》。現在《げんざい》の資料《しりょう》館《かん》の前身とも言える施設《しせつ》で、小さいながらも、国内外から大勢《おおぜい》の人が訪《おとず》れた。長岡《ながおか》は、その館長として、たったひとりで運営《うんえい》に当たっていた。②原《げん》爆《ばく》記念館には要人の来訪《らいほう》も珍《めずら》しくなかった。写真は､高松宮宣仁《たかまつのみやのぶひと》親王（昭和天皇《てんのう》の弟君）を案内中の長岡《ながおか》。③手づくりの立体模型《もけい》地図を指差しながら、広島の被害状況《ひがいじょうきょう》を説明することもあった。④収集《しゅうしゅう》した被爆瓦《ひばくがわら》を手にしながら、真剣《しんけん》な眼差《まなざ》しで語る長岡《ながおか》。（長岡省吾収集　広島平和記念資料館提供）

〝ヒロシマのシンボル〟の苦難《くなん》

広島平和記念都市建設法《けんせつほう》が成立した年、平和公園の設計《せっけい》コンペ*7が行われ、一四五の応募《おうぼ》作品の中から一等入選したことにより、のちに世界的に知られるようになる建築家《けんちくか》・丹下健三《たんげけんぞう》が公園の設計《せっけい》を手がけることになった。

公園は、平和大通り*8から入ってくると、正面に原爆《げんばく》ドームが見えるように設計《せっけい》された。

そして、公園南のほぼ中央に資料館《しりょうかん》（現在《げんざい》の平和記念資料館《しりょうかん》本館）を、東側には平和記念館（現在《げんざい》の資料館《しりょうかん》東館）、西側には公会堂（現在《げんざい》の国際《こくさい》会議場）と、三棟《とう》の建物を配し、中心の資料館《しりょうかん》は、公園を象徴《しょうちょう》する施設《しせつ》として位置づけられた。完成の暁《あかつき》には、この資料館《しりょうかん》がヒロシマのシンボルになるということだ。

一九五一（昭和二六）年三月、資料館《しりょうかん》は着工された。

ところが、外観のみ一部ができあがったところで、資金難《しきんなん》のために、長い間、放置されるという憂《う》き目《め》にあう。

ちょうど長岡《ながおか》が原爆《げんばく》記念館でひとり奮闘《ふんとう》していた頃《ころ》のことだ。運用経費《けいひ》は年間たったの五万円。整理仕切れない被爆資料《ひばくしりょう》はところ狭《せま》しと積み上げられ、虫や雨もりによって破損《はそん》も進み……。

「どうにかしてくれ。」

長岡《ながおか》は何度も市に訴《うった》えていた。

「ここは臨時《りんじ》の場所。これらの資料《しりょう》は、いずれは現在建設中《げんざいけんせつちゅう》の資料館《しりょうかん》に収容《しゅうよう》するので、さしあたってこのままでよろしい。」

陳情《ちんじょう》のたび、つれない答えが返ってくる。

市側が、原爆《げんばく》記念館の改善《かいぜん》に乗り出さなかったのは、資金難《しきんなん》だったこともあるが、実は、平和公園の中に新しい資料館《しりょうかん》を建設《けんせつ》中だったことが大きな理由だったのだ。

ところが、その資料館《しりょうかん》も途中《とちゅう》で工事がストップする。いつ完成するのか、まったく先が見えない状況《じょうきょう》……。

「このままでは貴重《きちょう》な資料《しりょう》が損傷《そんしょう》してしまうわい。資料《しりょう》の損傷《そんしょう》を防《ふせ》ぐには、一刻《いっこく》も早く新しい資料館《しりょうかん》をつくることなんじゃ。」

長岡《ながおか》は、ことあるごとに市の当局者に伝えた。

しかし、中断《ちゅうだん》した工事はなかなか再開《さいかい》しなかった。


新しい資料館《しりょうかん》がやっと完成したのは、一九五五（昭和三〇）年七月のことだった。着工から実に四年半の歳月《さいげつ》が経《た》っていた。

「廃墟《はいきょ》の中から立ち上がってくる力強いものを、コンクリートを頼《たよ》りにしてつくってみたかったのだ。」

設計《せっけい》を担当《たんとう》した建築家《けんちくか》の丹下《たんげ》が言ったように、長方形の高床式《たかゆかしき》のコンクリートの建物は、まだ十分に整備《せいび》されていない広大な敷地《しきち》の中で、強烈《きょうれつ》な存在《そんざい》感を放っていた。

原爆《げんばく》記念館で瀕死《ひんし》の状態《じょうたい》だった資料《しりょう》は、さっそく、この新しい建物に移《うつ》されることになった。

長岡《ながおか》は、引《ひ》っ越《こ》しの前に、それらを公民館の広い講堂《こうどう》に種類ごとに分類して並《なら》べてみることにした。公民館の職員《しょくいん》なども手伝って次々に並《なら》べていったが、そのうち、みんなは呆《あき》れた表情《ひょうじょう》で顔を見合わせる。

「あがあに狭《せま》いところへ、こがあにようけのものが、よう入っとったもんじゃねぇ。」

「ほんとじゃ。」

「不思議じゃねぇ。」

みんなが口々につぶやく中で、長岡《ながおか》は、被爆資料《ひばくしりょう》のひとつひとつを黙々《もくもく》と並《なら》べていく。まるで高価《こうか》な茶碗《ちゃわん》、あるいは、国宝《こくほう》の仏像《ぶつぞう》でも取《と》り扱《あつか》うように、丁寧《ていねい》に、慎《しん》重《ちょう》に、優《やさ》しい手つきで。

「君にはわかってもらえるじゃろう。君は、最初から、わしのすることをわかってくれとったけぇね。」

講堂《こうどう》いっぱいに資料《しりょう》を並《なら》べ終えたとき、長岡《ながおか》は、それらをしみじみと眺《なが》めながら、隣《となり》で汗《あせ》を拭《ふ》いている職員《しょくいん》のひとりに言った。その職員《しょくいん》とは、長岡《ながおか》が市の嘱託《しょくたく》になった頃《ころ》からのつき合いだ。

「……びっくりしましたよ。こんなにあるとは……。」

思いがけない褒《ほ》め言葉《ことば》をもらい、その人は照れながら言った。

山のような資料《しりょう》を新しい資料館《しりょうかん》へ運ぶのもまた大変な作業だった。浜井《はまい》市長は、市が所有するトラックを手配してくれ、手伝いの職員《しょくいん》まで送《おく》り込《こ》んでくれた。

長岡《ながおか》と親交のあったABCC*9(原爆傷害調査委員会《げんばくしょうがいちょうさいいんかい》)も、人や車を出してくれた。しかし、それでもまだ人手が足りず、一般《いっぱん》市民が手弁当《てべんとう》で駆《か》けつけ、ホコリまみれになりながら、たくさんの資料《しりょう》を載《の》せた大八車《だいはちぐるま》を後ろから押《お》してくれた。変人扱《あつか》いをされていた長岡《ながおか》だったが、坂田《さかた》さんから始まった長岡後援会《ながおかこうえんかい》の面々のほかにも、その熱意を理解《りかい》する人が増《ふ》えつつあったのだ。

資金難《しきんなん》から、途中《とちゅう》で工事がストップし、1951（昭和26）年に着工してから1955（昭和30）年に完成するまで、実に4年半という歳月《さいげつ》が費やされることになってしまった資料館《しりょうかん》。外からでも中が見えるため、市民は、この建物を『鳥かご』と揶揄《やゆ》していた。
（長岡省吾収集　広島平和記念資料館提供）

資料《しりょう》たちの新しい〝家〟への引《ひ》っ越《こ》しは、わいのわいの、やいのやいの、と、とても賑《にぎ》やかなものになった。

資料館《しりょうかん》の開館は、もう、すぐ目の前に迫《せま》っていた。

*1 **民選市長**……一般有権者《いっぱんゆうけんしゃ》の選挙によって選ばれた市長のこと。〝民選〟は〝公選〟とも言う。戦前、市長は選挙で選ばれるのではなく、政治家《せいじか》の推薦《すいせん》などで選ばれていた。

*2 **浜井信三《はまいしんぞう》**……初めて選挙によって選ばれた広島市長で、〝広島の父〟、〝原爆市長《げんばくしちょう》〟などと呼《よ》ばれた。被《ひ》爆者《ばくしゃ》でもある。広島平和記念公園の建設《けんせつ》に力を注ぐなどして、現在《げんざい》の広島市の街並《まちな》みの基礎《きそ》をつくった。また、一貫《いっかん》して核兵器《かくへいき》の全面禁止《きんし》を訴《うった》えた。一九六八（昭和四三）年、六二歳《さい》で死去。

*3 **相生橋《あいおいばし》**……広島市の本川《ほんかわ》（旧太田川《きゅうおおたがわ》）と元安川《もとやすがわ》の分岐点《ぶんきてん》にかかる橋。全国的にも珍《めずら》しいT字型をしている。原爆《げんばく》は、この橋を目印にして投下された。

*4 **カフェー**……今日の〝カフェ〟とは異《こと》なり、客席に女給（ホステス）をつかせて洋酒や洋食を出した飲食店のこと。

*5
市勢要覧《しせいようらん》……産業や経済《けいざい》、財政《ざいせい》、人口など市の情勢《じょうせい》について、市が資料《しりょう》や統計《とうけい》などを用いて要点をまとめた文書。市のプロフィール、市の政策《せいさく》、歴史、観光や郷土品《きょうどひん》の案内、各種の統計資料《とうけいしりょう》などから構成《こうせい》されている。

*6
ガリ版《ばん》刷り……謄写版《とうしゃばん》という印刷方法の一種のこと。ヤスリ板と鉄筆を使って製版《せいはん》するが、このとき、ガリガリと音がするため、〝ガリ版《ばん》〟と呼《よ》ぶようになった。この印刷に使う装置《そうち》は非常《ひじょう》に簡易《かんい》で、専用《せんよう》の紙とインクがあれば、電気などがなくても印刷可能《かのう》。かつては、小中学校で、副教材や問題用紙の印刷などに広く使われていた。

*7
コンペ……競争・競技《きょうぎ》の意味を持つコンペティション（competition）の略《りゃく》。複数《ふくすう》の製品《せいひん》や作品を競《きそ》い合わせ、その中から優《すぐ》れたものを選ぶこと。

*8
平和大通り……広島市中心部を東西に横断《おうだん》する約四キロメートルの道路。〝一〇〇メートル道路〟とも呼《よ》ばれるように、道幅《みちはば》が一〇〇メートルある。一九四六（昭和二一）年、広島復興《ふっこう》都市計画が立案されたとき、平和公園などとともに目玉プランとして、この道路の計画も組《く》み込《こ》まれた。

*9
ABCC……Atomic Bomb Casualty Commission（原爆傷害調査《げんばくしょうがいちょうさ》委員会）の略《りゃく》。原爆《げんばく》による傷害《しょうがい》の実態《じったい》を調査《ちょうさ》するために、原爆《げんばく》投下直後、アメリカが広島に設置《せっち》した民間機関。

反核《はんかく》運動が盛《も》り上《あ》がる契機《けいき》となった「第五福竜丸事件《ふくりゅうまるじけん》」

1954（昭和29）年3月1日、アメリカは南太平洋のマーシャル諸島《しょとう》ビキニ環礁《かんしょう》※で水爆《すいばく》実験を実施《じっし》した。

そのとき、静岡県《しずおかけん》の焼津《やいづ》を母港とするマグロ漁船「第五福竜丸《ふくりゅうまる》」は立《たち》入禁止区域外《いりきんしくいきがい》の海で操業《そうぎょう》していたが、乗組員は遠くの空に閃光《せんこう》を見、爆音《ばくおん》を聞いた。そして、その約3時間後には、白い灰《はい》が落下して甲板《かんぱん》を覆《おお》った。

この灰《はい》の正体は、水爆《すいばく》実験の際《さい》に生じた多量の放射性降下物《ほうしゃせいこうかぶつ》（放射性物質《ほうしゃせいぶっしつ》を含《ふく》んだチリで「死の灰《はい》」と呼《よ》ばれる）だった。

これが降《ふ》ってから2、3日後には、23人の乗組員全員が頭痛《ずつう》を訴《うった》え、吐《は》き気《け》をもよおし、灰《はい》のついた皮膚《ひふ》は赤黒い水ぶくれになり、頭髪が抜《ぬ》け始める。

3月14日、船は焼津《やいづ》に帰港。その後、乗組員全員が原爆症《げんばくしょう》と診断《しんだん》され、同時に、漁獲物《ぎょかくぶつ》のマグロからも強い放射能《ほうしゃのう》が検出《けんしゅつ》された。

この事件《じけん》は、日本列島に強い衝撃《しょうげき》を与《あた》え、市民の間で広がりつつあった原水爆禁止《げんすいばくきんし》の願いを、組織的《そしきてき》な運動として急速に盛《も》り上《あ》げることになる。

4月には、衆議院《しゅうぎいん》・参議院の両院が原子兵器禁止《きんし》決議案を可決《かけつ》。また、広島市では、世界平和者日本会議広島大会が開かれた。これには、インドのネール首相《しゅしょう》代理のカレールカ博士をはじめとする16か国34人が参加、核兵器《かくへいき》の使用絶対禁止《ぜったいきんし》などを明言した「広島宣言《せんげん》」を発表するなど、これまでにない幅広《はばひろ》い動きが見られるようになった。

5月には、「署名《しょめい》によって原水爆禁止《げんすいばくきんし》を世界に訴《うった》えよう」という「杉並《すぎなみ》アピール（東京都杉並区《すぎなみく》から発信されたため、こう呼《よ》ばれる）」が発表され、6月から署名《しょめい》運動が始まった。こうして迎《むか》えた広島の9回目の原爆《げんばく》記念日には、式典に続いて原水爆禁止《げんすいばくきんし》広島平和大会が開催《かいさい》され、県内の原水爆禁《げんすいばくきん》止署名《ししょめい》はそのときで89万8000余《よ》人分集まったと発表された（8月下旬《げじゅん》には100万人突破《とっぱ》）。

原水爆禁止《げんすいばくきんし》運動が盛《も》り上《あ》がる最中の9月23日、第五福竜丸《ふくりゅうまる》の無線長が原爆症《げんばくしょう》で亡《な》くなった。「人類最初の水爆《すいばく》の犠牲者《ぎせいしゃ》」として大きく報道《ほうどう》され、広島の被爆者《ひばくしゃ》の心の中には、「他人事ではない」という大きな不安と、原《げん》水爆《すいばく》への激《はげ》しい怒《いか》りが渦巻《うずま》いたのだった。

※環礁《かんしょう》……サンゴ礁《しょう》がリング状《じょう》（ドーナツ状《じょう》）につながったもの。

第五章
広島平和記念資料館《しりょうかん》、誕生《たんじょう》

資料館《しりょうかん》、悲願のオープン

一九五五（昭和三〇）年八月二四日、ついに、広島平和記念資料館《しりょうかん》が開館した。長岡《ながおか》は初代館長に就《つ》いた。それまでは広島市の嘱託《しょくたく》という立場だったが、同年三月、技術吏員《ぎじゅつりいん》（公務員《こうむいん》）として市に正式採用《さいよう》されたうえでの、館長就任《しゅうにん》だった。

「貴重《きちょう》な資料《しりょう》の損傷《そんしょう》を防《ふせ》ぐためには、一刻《いっこく》も早く新しい資料館《しりょうかん》をつくること。」

四年以上もこう言い続け、市当局に何度も陳情《ちんじょう》してきた長岡《ながおか》にとって、新しい資《し》料館《りょうかん》の開館は悲願だった。切なる願いが叶《かな》い、「ついに、やっと……」と感慨深《かんがいぶか》いものはあったが、感傷《かんしょう》に浸《ひた》っている場合ではなかった。

平和都市ヒロシマを象徴《しょうちょう》する資料館《しりょうかん》の初代館長として、これまで以上に、原爆《げんばく》の恐《おそ》ろしさや悲惨《ひさん》さを国内外に発信していかなくてはならない。

責任《せきにん》は重大だ。

長岡《ながおか》は身の引《ひ》き締《し》まる思いでいっぱいだった。

「とにかく、平和記念資料館《しりょうかん》を訪《おとず》れる人たちに感銘《かんめい》を与《あた》える場にしたいと考えている。」

新聞のインタビューに答え、長岡《ながおか》は決意のほどを語った。

新しい資料館《しりょうかん》は、前の原爆《げんばく》記念館に比《くら》べると、規模《きぼ》も、周囲の期待も、はるかに大きかった。

さすがにそのような施設《しせつ》を長岡《ながおか》ひとりで切《き》り盛《も》りできるわけはなく、今回は市側から職員《しょくいん》が派遣《はけん》され、長岡《ながおか》以下八名の職員《しょくいん》でスタートを切った。チケットやパンフレットの販売《はんばい》は事務員《じむいん》が行い、宿直も、守衛《しゅえい》だけでは人数が足りず、事務員《じむいん》もそれに加わった。

新しい資料館《しりょうかん》。ガラス張《ば》りの展示室《てんじしつ》は、建物の外からでも中が眺《なが》められるため、皮肉を込《こ》めて〝鳥かご〟と呼《よ》ばれることもあった。

「あの〝鳥かご〟はいつ完成するんかいのぉ。」

工事が中断《ちゅうだん》しているとき、こう言って、資料館《しりょうかん》となる新しい建物を冷ややかな目で見つめる市民もいた。だが、開館初日の〝鳥かご〟には、六〇〇人もの見学客が押《お》し寄《よ》せて、大変な賑《にぎ》わいを見せた。

開館当初の資料館《しりょうかん》には、長岡《ながおか》が中心になって集めた被爆資料《ひばくしりょう》数百点が展示《てんじ》されていた。

今と比較《ひかく》すると、展示《てんじ》のしかたはとても簡素《かんそ》。表面が高熱で溶《と》けた石や瓦《かわら》、変形したガラスのびんなどの被爆資料《ひばくしりょう》、それに、当時の惨状《さんじょう》を切り取った写真パネルが並《なら》べられているだけだった。

また、血のしみや焼《や》け焦《こ》げたあとが残る被爆《ひばく》の衣服をマネキン人形に着せた展示《てんじ》もあった。見る人の恐怖心《きょうふしん》を薄《うす》めるためか、マネキンの頭は黒い布《ぬの》で覆《おお》われていた。

このような展示《てんじ》は、決して洗練《せんれん》された方法とは言えないが、見る人を引きつけるには十分な力を持っていた。

新しく完成した資料館《しりょうかん》には多くの人が訪《おとず》れ、開館初年度（八月下旬《げじゅん》の開館から三月末まで実質的《じっしつてき》には七か月）の入館者数は一一万人を超《こ》えた。

「原爆《げんばく》ゆうもんが、どんだけひどいか。それを教えてくれるんが、被爆資料《ひばくしりょう》なんじゃ。じゃけぇ資料《しりょう》を集めて、みんなに見せんといけん。そがあな施設《しせつ》をつくることが、わしの使命じゃと思うとる。」

新しい資料館《しりょうかん》ができたことで、この長岡《ながおか》の使命は達成されたかのように思えるが、彼《かれ》自身にとっては、「まだまだ」だった。

原爆《げんばく》記念館時代には資料《しりょう》があふれているように見えたが、広い場所に移《うつ》ってみると、まだ資料《しりょう》の数は十分ではなく、館内は閑散《かんさん》とした印象も否《いな》めなかった。

「今のうちに、もっと集めんといけん。」

長岡《ながおか》は、ときとともに被爆資料《ひばくしりょう》が減《へ》っていくことに焦《あせ》りを感じてもいた。

そのため、市民に被爆資料《ひばくしりょう》を寄贈《きぞう》してくれるよう呼《よ》びかけ、「提供《ていきょう》しましょう」と言ってくれる人がいれば、自分から訪《たず》ねていって話を聞き、品物を受け取った。

平和都市ヒロシマのシンボルのような存在《そんざい》の資料館《しりょうかん》には、黙《だま》っていても国内外から大勢《おおぜい》の見学者が訪《おとず》れた。

だが、長岡《ながおか》は、「もっと大勢《おおぜい》の人に見て欲《ほ》しい」と、「修学《しゅうがく》旅行でぜひ資料館《しりょうかん》へ」と、全国の学校に呼《よ》びかける活動も積極的に行った。

「これからの時代を担《にな》う子どもたちにこそ原爆《げんばく》の悲劇《ひげき》を見て欲《ほ》しい」と強く願ってのことだった。ときには、全国の学校に出向き、「修学《しゅうがく》旅行に資料館《しりょうかん》の見学を組み入れて欲《ほ》しい」と直接《ちょくせつ》、教師《きょうし》たちに訴《うった》えもした。

今、資料館《しりょうかん》には、日本全国から修学《しゅうがく》旅行の生徒たちが大勢《おおぜい》やって来る。資料館《しりょうかん》は修学《しゅうがく》旅行の訪問先《ほうもんさき》の定番になっているが、それは、長岡《ながおか》の働きがあったからこそなのである。

長岡《ながおか》は、館内でじっとしていることを良しとせず、常《つね》に外を飛び回っていた。彼《かれ》には、まだまだやるべきことがたくさんあったのだ。

開館から間もない頃《ころ》の資料館《しりょうかん》内部の様子。展示《てんじ》は簡素《かんそ》なものだったが、原爆《げんばく》の恐《おそ》ろしさを人々に訴《うった》える力を持っていた。上写真の手前にあるのは、原爆《げんばく》記念館時代から使っていた立体模型《もけい》地図。下写真右側にあるのは、被爆《ひばく》した竹、その下には、グニャリと変形した自転車が展示《てんじ》されている。(長岡省吾収集　広島平和記念資料館提供)

初期の頃《ころ》の資料館《しりょうかん》内部。前ページの写真と見比《みくら》べてみるとわかりやすいが、写真などの展示《てんじ》が少し変わっており、立体模型《もけい》地図も新しいものになっている。また、奥《おく》の左側には被爆《ひばく》した衣服をマネキンに着せた展示《てんじ》が見える。（長岡省吾収集　広島平和記念資料館提供）

原子力平和利用の機運

平和記念資料館《しりょうかん》が開館した年の一一月一日から一二月一二日までの六週間、東京では読売《よみうり》新聞社主催《しゅさい》で原子力平和利用博覧会《はくらんかい》が開かれていた。[*1]

原子力発電の導入《どうにゅう》などを目指して、原子力という〝夢《ゆめ》のエネルギー〟を、一般《いっぱん》の人々に広くアピールする展覧会《てんらんかい》。その二年前にアイゼンハワー大統領《だいとうりょう》が国連で明言した「平和のための原子力」という新しい方針《ほうしん》を受け、アメリカは自国の原子力産業を売《う》り込《こ》むために、CIA（アメリカ中央情報局《じょうほうきょく》）[*2]が深く関わる形で、世界各地でこうした展覧会《てんらんかい》を開いていた。それが、日本にもやって来たのだ。

日本は世界で唯一《ゆいいつ》の被爆国《ひばくこく》だ。

それだけに、反核《はんかく》（＝反原子力）意識《いしき》が高く、反核《はんかく》は反米に直結することにもなりかねない。

アメリカはこれを恐《おそ》れていたため、日本での開催《かいさい》に積極的だったと言われている。

〝平和利用〟を強調することで、被爆国《ひばくこく》日本の中にある原子力のネガティブなイメージをポジティブなそれにしたかったのだ。

博覧会《はくらんかい》は、CIA、USIS（アメリカ国務省《こくむしょう》情報局《じょうほうきょく》）、駐日《ちゅうにち》アメリカ大使館が共同で準備《じゅんび》を進めていたが、これに読売《よみうり》新聞社が全面協力して開催《かいさい》された。

東京のあと、名古屋、京都、大阪《おおさか》——と地方都市を巡回《じゅんかい》したが、一九五六（昭和三一）年五月二七日から六月一七日までの約三週間、広島でも開催《かいさい》されることになった。

他都市では各市の地方有力新聞社が主催《しゅさい》する形をとっていた。しかし、広島でのそれは、地元紙・中国新聞に加え、なぜか、広島県、広島市などを巻《ま》き込《こ》んでの開《かい》催《さい》だった。

会場には、前年に開館したばかりの平和記念資料館《しりょうかん》があてられた。

世界は核《かく》（兵器）開発の時代へ突入《とつにゅう》、アメリカとソ連[*3]は競《きそ》うように核実験《かくじっけん》を行い、核《かく》の保有《ほゆう》を世界に誇示《こじ》していた。

そんな折も折、〝第五福竜丸《ふくりゅうまる》事件《じけん》〟が起きる。

一九五四（昭和二九）年三月一日、アメリカは南太平洋のマーシャル諸島《しょとう》ビキニ環礁《かんしょう》で水爆《すいばく》実験を実施《じっし》。このとき、立入禁止区域《たちいりきんしくいき》外《がい》の海で操業《そうぎょう》中の日本の漁船、第五福竜丸《ふくりゅうまる》が〝死の灰《はい》〟＊4をあび、乗組員全員が被爆《ひばく》したのだ。

この事件《じけん》は、被爆地《ひばくち》の広島や長崎《ながさき》だけでなく、日本列島全土に強い衝撃《しょうげき》を与《あた》え、国内で反核《はんかく》運動を盛《も》り上《あ》げるきっかけとなった。東京の主婦《しゅふ》たちが原水爆禁止《げんすいばくきんし》の署《しょ》名《めい》運動を始め、それが徐々《じょじょ》に広がって全国的なものになり、その後、反核団体《はんかくだんたい》が発《ほっ》足《そく》するなどして、反核《はんかく》運動は組織的《そしきてき》なものへと発展《はってん》していったのである。

平和記念資料館《しりょうかん》は、そうした反核《はんかく》の象徴的《しょうちょうてき》な存在《そんざい》だった。

その場所を、よりによって原子力（＝核《かく》）の平和利用のアピールのために使うという……。

博覧会《はくらんかい》の開催《かいさい》中は、資料館《しりょうかん》の展示物《てんじぶつ》は、いったん別の場所へ移《うつ》された。

高さが九メートルもある黒鉛原子炉《こくえんげんしろ》、実験用原子炉《げんしろ》の模型《もけい》、高さ八メートル、長さ一二メートルの原子核連鎖反応模型《げんしかくれんさはんのうもけい》、原子力手引きのパネル──。

前の開催地《かいさいち》である大阪《おおさか》から広島まで貨物列車一〇両で運ばれた品々が展示《てんじ》された資料館《しりょうかん》。原爆《げんばく》の悲劇《ひげき》を伝え、核兵器《かくへいき》の恐《おそ》ろしさを訴《うった》える目的で建てられた、その場所は、約三週間の間、核《かく》(＝原子力)の安全性《あんぜんせい》を訴《うった》える場へと変えられたのだった。

博覧会《はくらんかい》では、人類の平和と繁栄《はんえい》のために、原子力がいかに大きな可能性《かのうせい》を秘《ひ》めているかをわかりやすく解説《かいせつ》したパンフレットが配布《はいふ》された。パンフレットは、「広島に恐《おそ》ろしい破壊《はかい》をもたらした原子力も、使い方次第《しだい》で、はかり知れない利益《りえき》を私《わたし》たちにもたらしてくれる」と、見学者に訴《うった》える内容《ないよう》になっていた。

広島で開催《かいさい》された原子力平和利用博覧会《はくらんかい》への入場者数は記録的なものとなり、一日の入場者数では、六月一〇日の一万五四九名が、前開催地《かいさいち》・大阪《おおさか》の最高一万四四九名を抜《ぬ》いた。当時、大阪《おおさか》の人口は広島の七倍強であったにもかかわらず、である。

広島県下の小・中学校、高校の団体《だんたい》が続々と見学に訪《おとず》れ、最終的には、二二日間で約一一万人を動員した。

この博覧会《はくらんかい》が開催《かいさい》されているときも、長岡《ながおか》は、仮《かり》の資料館《しりょうかん》で核《かく》の恐《おそ》ろしさを淡々《たんたん》と説いていた。

世間では、原子力の平和利用の機運が一気に高まりつつあった。夢《ゆめ》のエネルギーの活用法として原子力発電が大々的にＰＲされたりもしていたが、安全性《あんぜんせい》を問う声をあげる人は、当時はまだほとんど存在《そんざい》しなかった。

怒《いか》りと屈辱《くつじょく》

原子力平和利用博覧会《はくらんかい》の翌々年《よくよくねん》の一九五八（昭和三三）年には、広島市の主催《しゅさい》で広島復興《ふっこう》大博覧会《はくらんかい》が開かれた。

広島市の復興《ふっこう》の現状《げんじょう》と、その産業や観光を広く紹介《しょうかい》するとともに、近代科学産業、貿易《ぼうえき》、文化紹介《しょうかい》の展示《てんじ》をすることで、日本の産業文化の振興《しんこう》に寄与《きよ》する――。

これが博覧会《はくらんかい》の目的だったが、その中で、もっとも力を注がれていたのが、原子力平和利用の促進《そくしん》だった。

博覧会《はくらんかい》は、第一会場が平和公園、第二会場が平和大通り、第三会場が広島城《じょう》[5]と、市内中心部広域《こういき》に渡《わた》って開催《かいさい》された。

第一会場の平和公園内にある資料館《しりょうかん》は、〝原子力科学館〟として使われた。入り口付近には、焼け野原になった広島市内の立体模型《もけい》地図や人間のケロイド[6]のホルマリン漬《づ》けなどが展示《てんじ》され、来館者に原爆《げんばく》の恐《おそ》ろしさをまざまざと見せつけた。

けれど、その展示《てんじ》を抜《ぬ》けると、テーマは平和利用に一転する。近い将来実現《しょうらいじつげん》可能《かのう》な原子力飛行船、原子力船、原子力列車の想像模型《そうぞうもけい》などが展示《てんじ》され、原子力という最先端科学を平和利用することの可能性《かのうせい》と素晴《すば》らしさをアピールしていた。

博覧会《はくらんかい》の主要パビリオンである原子力科学館は、連日、入場制限《せいげん》を繰《く》り返《かえ》さなければならないほどの大盛況《だいせいきょう》。前々年の原子力平和利用博覧会《はくらんかい》に引き続き、原子力を

1958（昭和33）年、広島市の主催《しゅさい》で広島復興《ふっこう》大博覧会《はくらんかい》が開かれた。その目的は、広島市の復興《ふっこう》の現状《げんじょう》と、その産業や観光を広く紹介《しょうかい》することだったが、そんな中で、もっとも力を注がれていたのが、原子力平和利用の促進《そくしん》だった。平和記念資料館《しりょうかん》は、原子力の平和利用の素晴《すば》らしさをアピールする『原子力科学館』として使われた。（長岡省吾収集　広島平和記念資料館提供）

＊7喧伝《けんでん》するために、またもや資料館《しりょうかん》が使われ、大勢《おおぜい》の人を引きつけたのだ。

「いったいどういうことですか!?　認《みと》めることはできませんけぇ。」

四月一日から五月二〇日まで開かれていた博覧会《はくらんかい》が終わっても、そのまま資料館《しりょうかん》に原子力平和利用の展示《てんじ》を残すことが検討《けんとう》されていた。市当局から、それを打診《だしん》された長岡《ながおか》は、カンカンに怒《おこ》って拒否《きょひ》をした。

「それは国の命令ですか!?　それともアメリカの横やりですか!?」

市長と向き合った長岡《ながおか》は、大声で詰《つ》め寄《よ》った。

「わしらの頭の上で原爆《げんばく》が爆発《ばくはつ》してから、まだ一〇年そこらしか経《た》っとらんのですよ。あのとき死んでいった＊8一四万もの人たちのことを忘《わす》れて、いまだに原爆症《げんばくしょう》に苦しんでいる人たちに向かって、〝原子力で豊《ゆた》かな生活をしましょう〟ゆうて、あんたは本当に言えるんですか!?　わしがここの館長をしとるうちは、絶対《ぜったい》にそがあなことはさせませんけぇ!!」

こう言って、長岡《ながおか》はこぶしを震《ふる》わせた。

しかし、結局、〝大きな権力《けんりょく》〟を相手に、長岡《ながおか》の主張《しゅちょう》は通らなかった。なかば押《お》しつけられる形で、平和利用展示《てんじ》の一部は資料館《しりょうかん》に残されることになる。長岡《ながおか》がコツコツ集めた貴重《きちょう》な被爆資料《ひばくしりょう》は、それらとの同居《どうきょ》を余儀《よぎ》なくされることになったのだ。

同じ時期、資料館《しりょうかん》には、第五福竜丸事件《ふくりゅうまるじけん》についての展示《てんじ》が新たに加わった。

「世界で最初に核兵器《かくへいき》を使われた広島市としては、福竜丸事件《ふくりゅうまるじけん》をこのまま見過《みす》ごすことはできん。原爆《げんばく》よりもさらに強力な水爆《すいばく》の被害状況《ひがいじょうきょう》を研究することは、広島市の科学者に与《あた》えられた大きな使命じゃと思うとる。」

こう言って、船が母港の焼津《やいづ》（静岡県《しずおかけん》）に帰港してすぐ現地《げんち》に飛んだ長岡《ながおか》は、被《ひ》爆《ばく》した乗組員全員に会うなどして被害状況《ひがいじょうきょう》をつぶさに調査《ちょうさ》していた。

今回、長岡《ながおか》は、それらの資料《しりょう》の展示《てんじ》に踏《ふ》み切《き》ったのだった。

「原子力の平和利用、平和利用ゆうて、みんな浮《う》かれとるけど、原子力は一歩間違《まちが》

1954（昭和29）年、アメリカが実施《じっし》した南太平洋マーシャル諸島《しょとう》での水爆《すいばく》実験で被爆《ひばく》した日本の漁船、第五福竜丸《ふくりゅうまる》。長岡《ながおか》は、船が母港の焼津《やいづ》（静岡県《しずおかけん》）に帰港してすぐ現地《げんち》に飛び、被爆《ひばく》した乗組員全員に会うなどして被害状況《ひがいじょうきょう》を調査《ちょうさ》していた。写真は長岡《ながおか》自身が撮影《さつえい》したもの。（長岡省吾収集　広島平和記念資料館提供）

えば、恐《おそ》ろしいものなんじゃ。広島と長崎《ながさき》がええ例じゃし、そのあとだって、こがあにして被害《ひがい》（福竜丸《ふくりゅうまる》のこと）が続いとるじゃないか。」

第五福竜丸《ふくりゅうまる》事件《じけん》関連の展示《てんじ》には、長岡《ながおか》の、そんなメッセージが込《こ》められていた。

被爆《ひばく》資料《しりょう》と原子力の平和利用資料《しりょう》の同居《どうきょ》。その奇妙《きみょう》な展示《てんじ》形態《けいたい》は当分続くことになる。

一九五九（昭和三四）年七月、キューバ革命《かくめい》の指導者《しどうしゃ》チェ・ゲバラ*9が資料館《しりょうかん》を訪《おと》ずれている。じっくりと時間をかけて見学していたが、平和利用の展示《てんじ》には目もくれず、次の、第五福竜丸《ふくりゅうまる》についての展示《てんじ》の前で立ち止まり、興味《きょうみ》深《ぶか》げにパネルを見つめ、案内人の説明に耳を傾《かたむ》けたという。

ゲバラの行動は、まるで長岡《ながおか》の意思が通じたかのようなそれだったのだ。

「展示《てんじ》が分裂《ぶんれつ》しているのではないか!?」

そのうち、一般《いっぱん》の見学者からも、このような指摘《してき》が相次《あいつ》ぐようになったこともあり、一九六七（昭和四二）年五月、平和利用のほうの展示《てんじ》はやっと撤去《てっきょ》された。

資料館《しりょうかん》と原爆《げんばく》ドームの危機《きき》

原子力の平和利用展示《てんじ》を押《お》しつけられて涙《なみだ》を呑《の》んだ長岡《ながおか》。グッと我慢《がまん》をしてやり過《す》ごしてきたというのに、またもや感情《かんじょう》を逆《さか》なでされるような出来事が発生する。

「資料館《しりょうかん》を美術館《びじゅつかん》に転用したい」

一九六〇（昭和三五）年八月のある日、広島市の浜井《はまい》市長が記者会見で述《の》べたのだ。

「はぁ？　市長は何をゆうとるんか!?　とんでもない話じゃ！」

市長の見解《けんかい》を新聞で読んだ長岡《ながおか》は、記事をみなまで読まずに吐《は》き捨《す》てた。

「公園はもともと市民の安らぎの場だ。その真ん中に悲劇《ひげき》の生々しい資料《しりょう》があると、苦しみながら死んだ肉親のことが思い出され、心が締《し》めつけられるようで公園に近づけないという声や投書がたびたびある。別の場所に新しい資料館《しりょうかん》をつくり、今の資料館《しりょうかん》は、希望者の多い美術館《びじゅつかん》に転用したい。」

記事によると、長岡《ながおか》のやることを早くから理解《りかい》してくれていたはずの市長が、こんなことを言っている。「財源《ざいげん》の見通しがつけば具体化したい」ともつけ加えているではないか。

「どういうことじゃ!?」

考えれば考えるほど腹《はら》が立つ。堪忍袋《かんにんぶくろ》の緒《お》が切れた長岡《ながおか》は、ついに市長室へ乗《の》り込《こ》んでいって大声でまくし立てた。

「資料館《しりょうかん》を美術館《びじゅつかん》にするゆうて、とんでもないことじゃ。こういう資料館《しりょうかん》は、この場所にあってこそ、意味があるんじゃあないんですか!?　いったい市長は何を考えておられるんですかいのぉ。わしには、市長が考えておられることが、ようわからんですわっ！」

市長の考えには、海外からも非難《ひなん》の声があがった。

「美術館《びじゅつかん》は世界のどこにでもあるが、原爆資料館《げんばくしりょうかん》はヒロシマだけのものだ。悲劇《ひげき》を片隅《かたすみ》に押《お》しやってはいけない。」

浜井《はまい》市長の意向を知って眉《まゆ》をひそめたジャーナリストのロベルト・ユンク（ドイツ出身）は、広島を訪《おとず》れた際《さい》、市長に会って直接《ちょくせつ》、伝えたという。

ユンクは、広島に滞在《たいざい》して取材活動を行い、原爆《げんばく》の悲惨《ひさん》さだけでなく、廃墟《はいきょ》から立ち上がる広島の人々の姿《すがた》を伝える迫真《はくしん》のルポ『灰墟《はいきょ》の光　甦《よみが》えるヒロシマ』を書いていた。その本は、一四か国語に翻訳《ほんやく》されてベストセラーになったが、そのルポの中には、長岡《ながおか》も登場する。

ユンクの忠告《ちゅうこく》が功を奏《そう》したのか、はたまた長岡《ながおか》の怒鳴《どな》り込《こ》みが効《き》いたのか。最終的に市長の構想《こうそう》は実現《じつげん》せず、資料館《しりょうかん》はそのまま、今の場所に残された。

「やれやれ……。」

資料館《しりょうかん》を美術館《びじゅつかん》に転用する話がなくなり、肩《かた》の荷をひとつ降《お》ろした長岡《ながおか》だったが、実は、彼《かれ》にはもうひとつ心配なことがあった。

1930（昭和5）年頃《ねんごろ》の原爆《げんばく》ドーム。その頃《ころ》は、広島県立商品陳列《ちんれつ》所と呼《よ》ばれ、当時としては斬新《ざんしん》な建物で広島名物だった。（堤憲明提供）

被爆《ひばく》時は広島県産業 奨 励《しょうれい》館と呼《よ》ばれていた。爆心地《ばくしんち》に近く、ほぼ真上から爆風《ばくふう》を受けたため、壁《かべ》の一部は倒壊《とうかい》をまぬがれたものの、見るも無残な姿《すがた》になった。（米軍撮影　広島平和記念資料館提供）

原爆《げんばく》ドームの行く末だ。

現在《げんざい》は、世界遺産《いさん》にも登録され、平和都市ヒロシマのシンボルとして永久保存《えいきゅうほぞん》が決定しているが、かつては「取《と》り壊《こわ》すべき」という意見も多く、何度も存亡《そんぼう》の機に立たされてきた。

《自分のアバタ面を世界に誇示《こじ》し、同情《どうじょう》を引こうとする貧乏根性《びんぼうこんじょう》を、広島市民はもはや清算しなければいけない》

ある新聞は、このように述《の》べてドームの解体《かいたい》を主張《しゅちょう》したことがある。

「見るたびに原爆《げんばく》が落とされたときの悲惨《ひさん》な状況《じょうきょう》を思い出すので、一刻《いっこく》も早く取《と》り壊《こわ》して欲《ほ》しい。」

市民の中からは、こうした声もたびたびあがっていた。

「原爆《げんばく》の影《かげ》を残すものは、原爆資料館《げんばくしりょうかん》に一切《いっさい》を集め、市民の目の触《ふ》れるところから取り去りたい。」

広島平和記念都市建設《けんせつ》法が成立し、平和都市ヒロシマの街づくりが進んでいる最中、浜井《はまい》市長も、このような見解《けんかい》を示《しめ》していた。

「どうしたもんかのぉ……。」

自分が集めてきた被爆資料《ひばくしりょう》と同様、原爆《げんばく》ドームも、後世に原爆《げんばく》のむごさを伝える貴重《きちょう》な〝証言者《しょうげんしゃ》〟と考えていた長岡《ながおか》は、ドーム撤廃《てっぱい》が話題に上るたびに、心を痛《いた》めていたのだった。


残すか、取《と》り壊《こわ》すか。

何度も議論《ぎろん》されながら、結論《けつろん》が出ないままになっていた原爆《げんばく》ドーム。しかし、一九六〇年代に入ってから、いよいよ世論《よろん》は撤廃《てっぱい》のほうへと傾《かたむ》いていく。

急速に風化が進んで崩落《ほうらく》の危険《きけん》が生じるようになり、ドームを残すとしたら大掛《おおが》かりな補修《ほしゅう》が必要となっていた。

だが、広島市当局は、「ドームの保存《ほぞん》には経済的《けいざいてき》な負担《ふたん》が大きすぎる」と、保存《ほぞん》には消極的だった。「忌々《いまいま》しい記憶《きおく》を呼《よ》び起《お》こすものは壊《こわ》すべき」という市民の意見も根強く残っており、市の消極的姿勢《しせい》とあいまって、一時、原爆《げんばく》ドームは取《と》り壊《こわ》される可能性《かのうせい》が高くなっていたのだ。

その流れを変えるきっかけになったのは、被爆《ひばく》による放射線障害《ほうしゃせんしょうがい》が原因《げんいん》と考えられる急性《きゅうせい》白血病のために一六歳《さい》で亡《な》くなった女子高生の日記だった。

《あの痛々《いたいた》しい原爆《げんばく》ドームだけが、いつまでも恐《おそ》るべき原爆《げんばく》を世に訴《うった》えてくれるでしょう》

この日記を読んで胸《むね》を打たれた、ある平和活動家が小・中学生、高校生と一緒《いっしょ》になり、平和公園で募金《ぼきん》と署名《しょめい》を呼《よ》びかける活動を始めたのだ。原爆《げんばく》ドームの保存《ほぞん》に向けての具体的な行動は、これが初。わずか一〇人ほどでスタートした運動だった。

「そんなものを残すくらいなら、我々《われわれ》を救って欲《ほ》しい。」

募金箱《ぼきんばこ》を前に言《い》い捨《す》てる被爆者《ひばくしゃ》もいたほどで、やっても、やっても手ごたえがない……。

挫《くじ》けそうになる心を奮《ふる》い立《た》たせて運動を続けた人たち。

そんな彼《かれ》らの粘《ねば》り強《づよ》い活動が徐々《じょじょ》に実り始めるのは、活動を開始してから四年が過《す》ぎようとする頃《ころ》だった。被爆者《ひばくしゃ》、反核団体《はんかくだんたい》、市民団体《だんたい》などから協力的な声があがり始め、これを受けて、市議会にも動きが見られるようになったのだ。

〝小さな訴《うった》え〟は、ついに当局を動かすことになる。一九六六（昭和四一）年、広島市は、原爆《げんばく》ドームを永久保存《えいきゅうほぞん》することを正式に決定したのだ。

一時は、「悪夢《あくむ》を思い出す残骸《ざんがい》を一日も早く取《と》り除《のぞ》き、美しい平和都市ヒロシマを復興《ふっこう》したい」と発言していた浜井《はまい》市長だったが、ドームの永久保存《えいきゅうほぞん》が決まると、その費用をまかなうために、自ら街頭に立って市民に募金《ぼきん》を呼《よ》びかけた。東京での募金《ぼきん》活動にも積極的に参加した。

そして原爆《げんばく》ドームは、残された。

「始めはどうなることかと思うとったけど、市長もなかなかやるもんじゃのぉ。」

長岡《ながおか》は、心の中で密《ひそ》かに拍手《はくしゅ》を送っていた。

何度か存続《そんぞく》の危機《きき》が訪《おとず》れたが、1966（昭和41）年、永《えい》久《きゅう》保《ほ》存《ぞん》が決定し、大掛《おおが》かりな補《ほ》修《しゅう》工事が行われた。1996（平成8）年12月7日、世界遺産《いさん》に登録され、現在《げんざい》では、ヒロシマのシンボルとして、国内外から多くの人が訪《おとず》れる場所となっている。

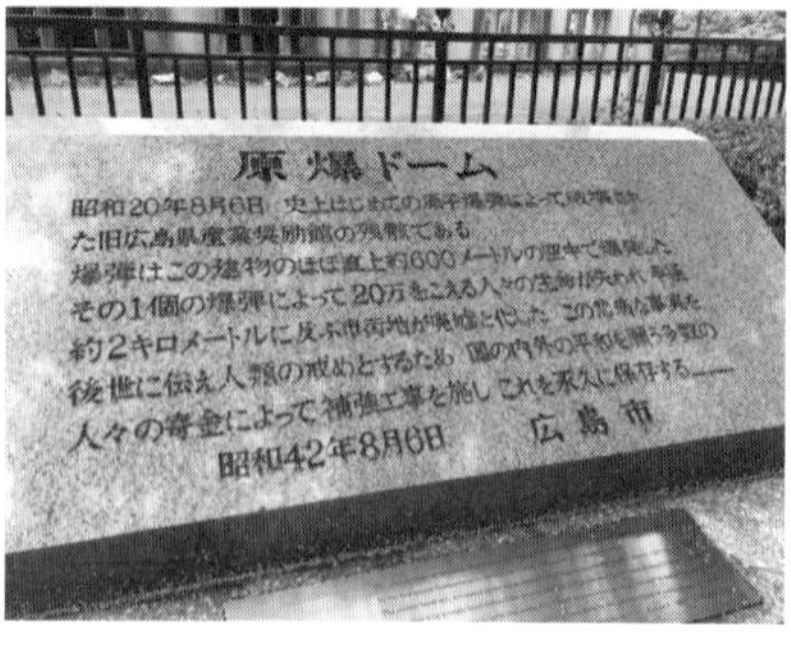

遺品《いひん》の寄贈《きぞう》に流した涙《なみだ》

「原爆《げんばく》の被害《ひがい》を伝えるには、まだぜんぜん被爆資料《ひばくしりょう》が足りとらん。」

館長に就任《しゅうにん》してからも、長岡《ながおか》は、よく言っていた。

当初、長岡《ながおか》は、原爆《げんばく》の爪《つめ》あとが残る瓦《かわら》や石などを中心に集めていたが、いつの頃《ころ》からか、原爆《げんばく》の犠牲者《ぎせいしゃ》が遺《のこ》した衣服や時計などの〝遺品《いひん》〟を集めるようにもなっていた。それらもまた、原爆《げんばく》のむごたらしさを人々に伝える、重要な資料《しりょう》だと思っていたからだ。ただ、遺品《いひん》は街中を歩き回っても拾《ひろ》えるものではない。そのため、寄《き》贈《ぞう》をしてくれるよう、市民に呼《よ》びかけたりもしていた。

高校を卒業した松本《まつもと》少年は、資料館《しりょうかん》ができたとき、長岡《ながおか》に請《こ》われて、ここで働くようになっていた。正式に資料館《しりょうかん》の職員《しょくいん》として雇《やと》われ、館内でチケットやパンフレットの販売《はんばい》を行っていたのだが、長岡《ながおか》と同様、やはり資料《しりょう》を集めるために市内を歩くこともあった。長岡《ながおか》の指示《しじ》で、家々を一軒《けん》、一軒《けん》、訪《たず》ねて回る。八時一五分で針《はり》が止まったままの時計、被災《ひさい》したとき身につけていた衣類、フレームが曲がってしまったメガネ……。このような遺品《いひん》を譲《ゆず》り受《う》けるためだった。

そうした品々を手放す遺族《いぞく》の思いは、長岡《ながおか》も痛《いた》いほどよくわかっていた。一瞬《いっしゅん》のうちに熱線で焼かれて吹《ふ》き飛《と》ばされた人の中には、骨《ほね》さえも見つからず、無残に変形した時計やメガネなどの品物だけを遺《のこ》した人も少なくない。

残《のこ》された家族にとって、それらは、亡《な》くした肉親の大切な形見だ。当然、ずっとそばに置いておきたいと思う。それをあえて「資料館《しりょうかん》に寄贈《きぞう》して欲《ほ》しい」と頼《たの》み込《こ》む……。とても酷《こく》なことだとわかってはいたが、世間に原爆《げんばく》の悲劇《ひげき》を伝えるためには、それらの遺品《いひん》は、どうしても必要なものだったのだ。

資料館《しりょうかん》には、現在《げんざい》でも〝三位一体《さんみいったい》の遺品《いひん》〟と呼《よ》ばれる展示《てんじ》がある。同じ広島市立中学へ通っていた三人の中学生の遺品《いひん》（学生服、帽子《ぼうし》とベルト、ゲートル）をひとつの人形に着せたものだ。

三人は、同じ中学に通う大勢《おおぜい》の生徒とともに、学徒勤労動員[*10]で爆心地《ばくしんち》から九〇〇メートルのところで建物疎開《そかい》作業を行っていて被爆《ひばく》した。三人のうちのひとりは即《そく》死《し》、ふたりは即死《そくし》ではなかったけれど、いずれにしても全員が肉親に看取《みと》られることなく、亡《な》くなっている。三人ともひとりっ子だったという。

親たちにしてみれば、血のしみあとが残る学生服、ボロボロになった帽子《ぼうし》やベルト、破《やぶ》れたゲートルは、かけがえのない存在《そんざい》だった息子《むすこ》の大事な形見である。永遠《えいえん》に手放したくなかったに違《ちが》いない。だが、資料館《しりょうかん》が遺品《いひん》の寄贈《きぞう》を求めていることを知り、自らの意思でそれらを差し出すことにした。悩《なや》み抜《ぬ》いた末、「息子《むすこ》の死が後世の平和に役立つのなら」と、三人の母親たちが資料館《しりょうかん》へ持参したのだ。

資料館《しりょうかん》では、長岡《ながおか》が親たちを迎《むか》え、それぞれの品を受け取った。

「……手放しにくいものを……よう……（資料館《しりょうかん》へ）入れてくださった……。」

母親たちから遺品《いひん》を手渡《てわた》されたとき、長岡《ながおか》は、充血《じゅうけつ》した目から大粒《おおつぶ》の涙《なみだ》をこぼし、やっとのことで声を絞《しぼ》り出《だ》した。

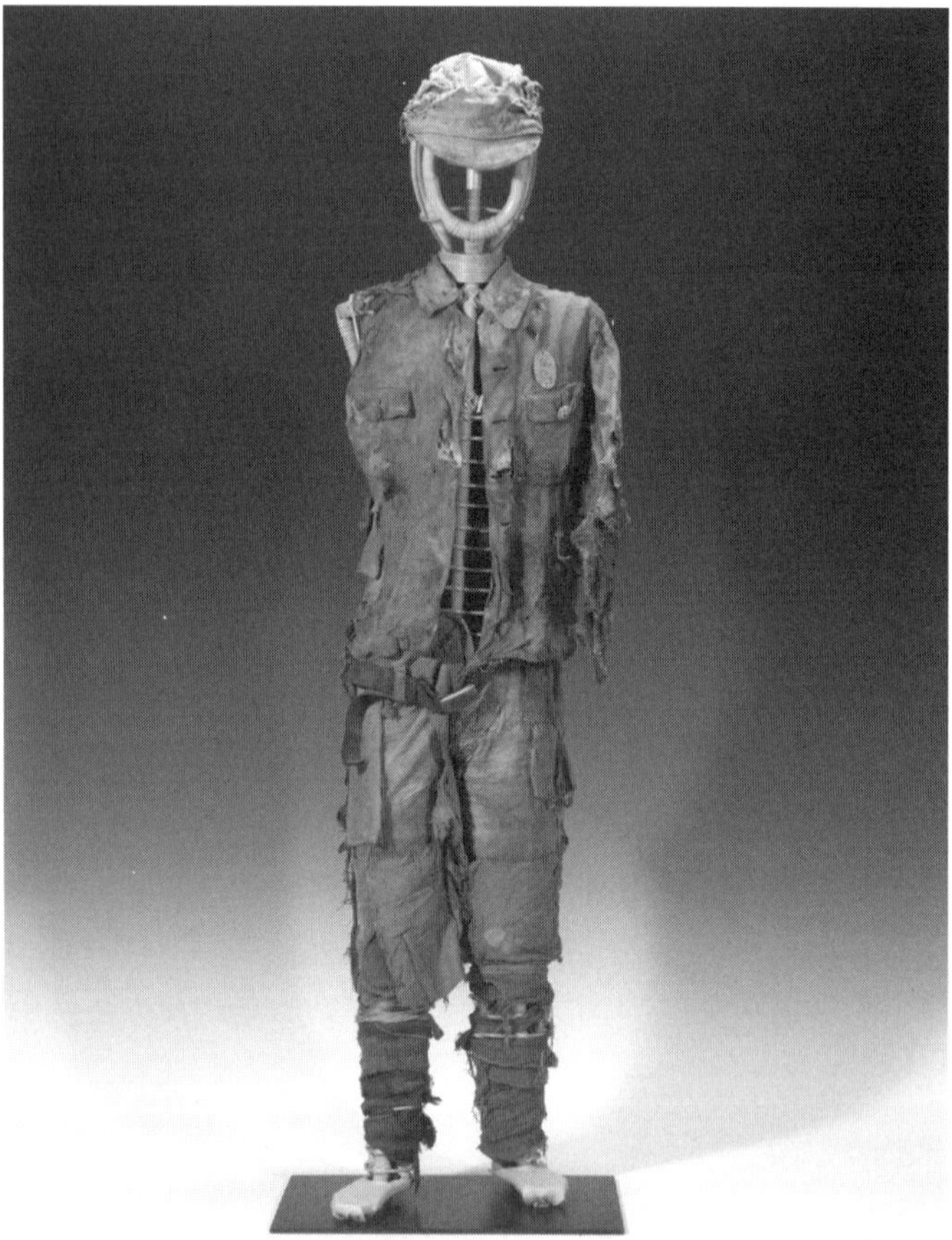

建物疎開《そかい》作業に出ていた広島市立中学校1、2年生353人のうちの大半は被爆《ひばく》して死《し》亡《ぼう》した。これは、同校の3人の生徒が身につけていた遺品《いひん》を集めて籐《とう》の人形に着せたもので、『三位一体《さんみいったい》の遺品《いひん》』と呼《よ》ばれている。帽子《ぼうし》とベルトは津田栄一《つだえいいち》君のもの（津田蔵吉寄贈）、学生服は福岡 肇《ふくおかはじめ》君のもの（福岡重春寄贈）、ゲートルは上田正之《うえだまさゆき》君のもの（上田キヨ寄贈）。血のしみが残り、焼《や》け焦《こ》げ、ボロボロになった遺品《いひん》が、彼《かれ》らの思いを静かに語りかける。（広島平和記念資料館提供）

三輪車に乗って遊んでいるときに被爆《ひばく》した銕谷伸一《てつたにしんいち》ちゃん（当時３歳《さい》）は、その日に死亡《しぼう》。写真は、そのときの三輪車。父親が、庭に亡骸《なきがら》と一緒《いっしょ》に埋《う》めていたが、40年後に掘《ほ》り出《だ》し、遺骨《いこつ》は墓《はか》に埋葬《まいそう》、三輪車は資料館《しりょうかん》に寄贈《きぞう》した。（銕谷信男寄贈　広島平和記念資料館提供）

勤務先《きんむさき》で被爆《ひばく》した荒木政知《あらきまさとも》さんの懐中《かいちゅう》時計は8時15分で止まっている。政知《まさとも》さんはなんとか生《い》き延《の》びたが、息子《むすこ》で市立造船《ぞうせん》工業学校1年生の高光《たかみつ》さんは、建物疎開《そかい》作業に出動したまま行方《ゆくえ》不明になった。政《まさ》知《とも》さんは、市内を10日間歩き回って高光《たかみつ》さんを捜《さが》したが、結局見つけることはできなかった。（荒木知子寄贈　広島平和記念資料館提供）

建物疎開《そかい》作業現場《げんば》で被爆《ひばく》した広島市立第一高等女学校1年生の渡辺玲子《わたなべれいこ》さんの弁当箱《べんとうばこ》。家族は必死で市内を捜《さが》したが、玲子《れいこ》さんは見つからず、遺体《いたい》の散乱《さんらん》する焼け野原の中から、「渡辺《わたなべ》」と名前の入る、黒焦《くろこ》げになった弁当箱《べんとうばこ》を発見した。炭化したご飯とおかずのぶんどう豆が入ったままだった。(渡辺茂寄贈　広島平和記念資料館提供)

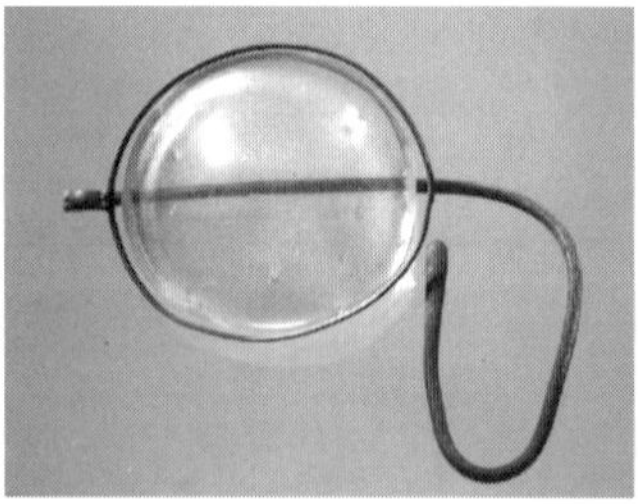

茂曽路《もそろ》モトさんが、いつもかけていたメガネ。モトさんは自宅《じたく》で被爆《ひばく》、1か月後、家の焼《や》けあとから、頭部と、その骨《ほね》にくっついたこのメガネだけが発見された。（佐伯敏子寄贈　広島平和記念資料館提供）

広島市立第一高等女学校1年生だった大杉美代子《おおすぎみよこ》さんが履《は》いていた下駄《げた》。美代子《みよこ》さんは、建物疎開《そかい》の作業現場《げんば》で被爆《ひばく》したが、遺体《いたい》は見つからず、2か月後に、この下駄《げた》だけが発見された。(井上冨子寄贈　広島平和記念資料館提供)

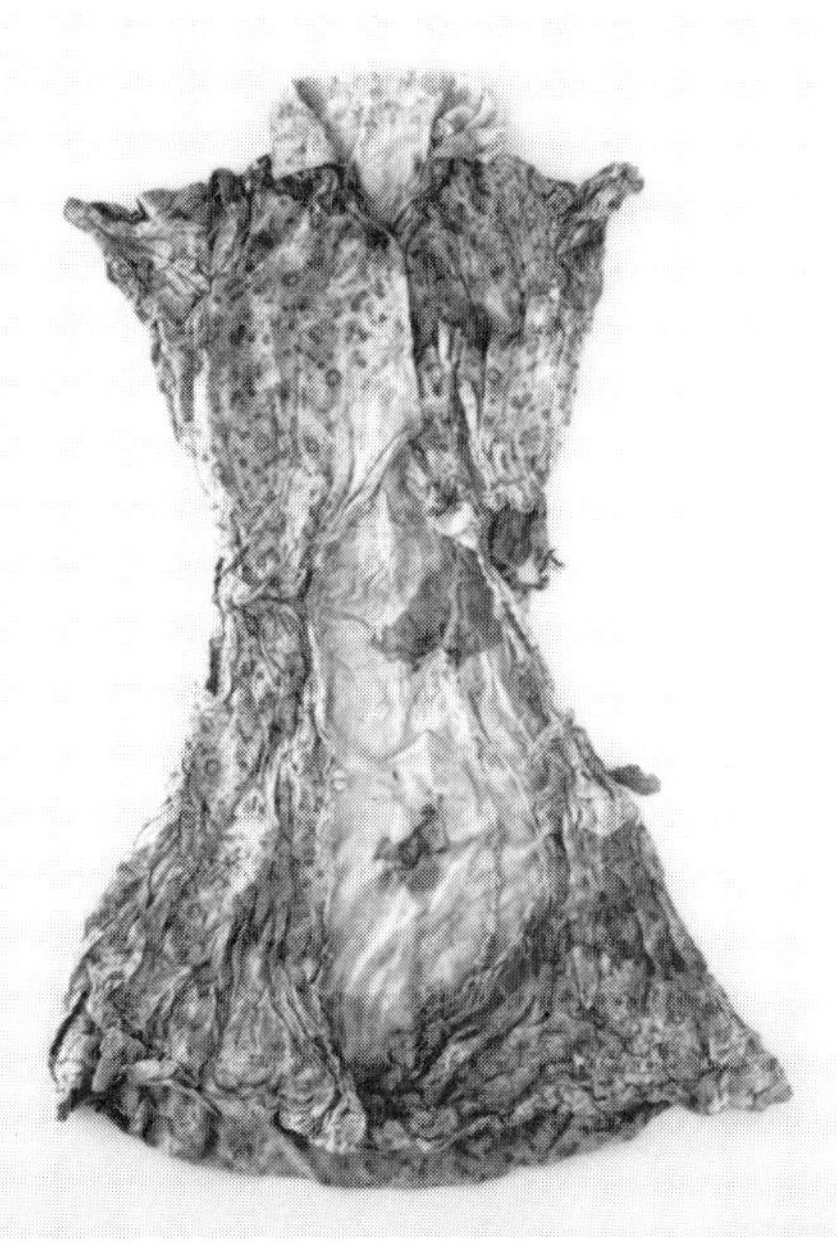

自宅《じたく》で被爆《ひばく》した寺尾宣枝《てらおのぶえ》さんが着ていたワンピース。宣《のぶ》枝《え》さんは、全壊《ぜんかい》した家の下《した》敷《じ》きになったが、重傷《じゅうしょう》の身でなんとか疎開先《そかいさき》にたどり着《つ》く。しかし、両親や家族の必死の看護《かんご》もかなわず、その後、死亡《しぼう》。（寺尾寛寄贈　広島平和記念資料館提供）

建物疎開《そかい》作業現場《げんば》で被爆《ひばく》した、県立広島第二中学校1年生の手島範明《てしまのりあき》君の爪《つめ》と皮膚《ひふ》の一部。全身の皮膚《ひふ》が垂《た》れ下《さ》がるほどの大やけどを負い、被爆翌日《ひばくよくじつ》、苦しみながら死亡《しぼう》した。母親は、戦地にいる父親のために、形見として、範明《のりあき》君の爪《つめ》と皮膚《ひふ》の一部を残していた。（手島栄寄贈　広島平和記念資料館提供）

犠牲者《ぎせいしゃ》の魂《たましい》の叫《さけ》びを聞いて

「日本人、外国人を問わず、原爆《げんばく》の恐《おそ》ろしさを知らなすぎる。」

長岡《ながおか》は、折に触《ふ》れて、こんなことを口にした。館長として多くの人と接《せっ》した実感だった。


しかし、それだけに、「資料館《しりょうかん》を見学して初めて原爆《げんばく》の恐《おそ》ろしさを知った」という声を聞くと、少しだけでも平和に貢献《こうけん》できたような気がして喜びを感じていた。

資料館《しりょうかん》は何度か存続《そんぞく》の危機《きき》にさらされたが、「ひとりででも立ち向かってよかった」という思いを噛《か》みしめることもできた。


「平和のために、核実験《かくじっけん》反対の座《すわ》り込《こ》みや行進をやることも必要だが、もっと手っ取り早く平和を訴《うった》える方法は、世界中の人みんなに原爆《げんばく》の悲惨《ひさん》さを知らせること。」

長岡《ながおか》は、常々《つねづね》考えていた。そして、「悲惨《ひさん》さを知らせるのに、一番役立つのが、コツコツと集めてきた被爆資料《ひばくしりょう》にほかならない」と信じてもいた。

大国が次々と核実験《かくじっけん》を行うようになってからは、それに反対するデモ活動[*11]として座《すわ》り込《こ》みや行進がたびたび平和公園で行われ、人々のシュプレヒコール[*12]が、資料《しりょう》館《かん》にまで届《とど》いてきた。

平和を訴《うった》える人々の叫《さけ》びが響《ひび》く資料館《しりょうかん》。

そこでは、被爆資料《ひばくしりょう》という〝もの言わぬ悲劇《ひげき》の証人《しょうにん》〟が、外の喧騒《けんそう》とは対照的に、静かに平和を訴《うった》える。

一発の原爆《げんばく》がもたらした犠牲《ぎせい》がいかに大きいか――。

人間の歴史に押《お》された〝悪魔《あくま》の刻印《こくいん》〟がどれほど残酷《ざんこく》なものか――。

長岡《ながおか》が集めてきたのは、二度と繰《く》り返《かえ》してはならない歴史の警告《けいこく》として、生き残った者が後世の人たちに忠実《ちゅうじつ》に伝えていかなくてはならない品々だ。

それらを目《ま》の当《あ》たりにすれば、誰《だれ》でも原爆《げんばく》の悲惨《ひさん》さを思い知り、戦争は罪《つみ》だと痛《つう》感《かん》する。その意味では、長岡《ながおか》は、「ヒロシマの悲劇《ひげき》を二度と繰《く》り返《かえ》してはいけない」ということを伝える〝平和の使徒〟の役目も担《にな》っていたのである。

館長として長岡《ながおか》は、インドのネール首相《しゅしょう》、アメリカのルーズベルト元大統領《だいとうりょう》夫人、皇太子殿下《こうたいしでんか》（のちの平成天皇陛下《てんのうへいか》）など、内外の著名人《ちょめいじん》にも、生々しい資料《しりょう》を示《しめ》しながら、原爆被害《げんばくひがい》の実態《じったい》を解説《かいせつ》した。

「私《わたし》は君によってヒロシマを記憶《きおく》した。」

ネール首相《しゅしょう》は、予定の二倍近い時間を費やして熱心に質問《しつもん》を続け、最後にこう言って、長岡《ながおか》に握手《あくしゅ》を求めたという。

地質学者《ちしつがくしゃ》としての使命、というより、いつしか長岡《ながおか》は、生き残った人間の義務《ぎむ》、として被爆資料《ひばくしりょう》を集めるようになっていた。

焼け野原になった街を歩いて資料《しりょう》を探《さが》すとき、集めた被爆資料《ひばくしりょう》を積んだ大八車《だいはちぐるま》を引《ひ》っ張《ぱ》るとき……。長岡《ながおか》はいつも涙《なみだ》目で、口をぎゅっと固く結んでいたという。

原爆《げんばく》投下の翌日《よくじつ》に自分が目にした光景を人に語って聞かせるときにも、瞳《ひとみ》はみるみるうちに涙《なみだ》でいっぱいになり、ついにはあふれて頬《ほお》を伝うこともあった。

1957（昭和32）年10月9日、インドの初代首相《しゅしょう》ジャワハラル・ネールは広島を訪《おとず》れ、資料館《しりょうかん》にも立《た》ち寄《よ》って熱心に見学した。そのとき、長岡《ながおか》は案内役を務《つと》めた。（長岡省吾収集　広島平和記念資料館提供）

立体模型《もけい》地図を差しながら、来館者に説明をする長岡《ながおか》。時間が許《ゆる》す限《かぎ》り、こうして館長自らが案内役を買って出ていた。この模型《もけい》地図は2代目。（長岡省吾収集　広島平和記念資料館提供）

長岡《ながおか》の関心は、一見、原爆《げんばく》の影響《えいきょう》を受けた物質《ぶっしつ》にあったように見える。けれど、その向こう側には、いつも、〝人〟がいた。

一瞬《いっしゅん》で命を奪《うば》われた人。

苦しんだ末に亡《な》くなった人。

傷《きず》を負って生きていくしかなかった人。

家族や肉親を失ってひとりぼっちになってしまった人。

人、人、人……。

長岡《ながおか》の活動は、こうした人々の思いを代弁《だいべん》していたのではないだろうか。

もう二度と、こんな悲劇《ひげき》を起こしてはいけない、起こさせないで——。

長岡《ながおか》の耳には、いつもそんな声が響《ひび》いていた。

《資料館《しりょうかん》の展示《てんじ》は、原爆《げんばく》の恐《おそ》ろしさを伝えるための、亡《な》くなった人たちの魂《たましい》の叫《さけ》びを伝えるための、ものである》

長岡《ながおか》は揺《ゆ》るぎのない信念を持っていた。

広大な平和公園のほぼ中心、資料館《しりょうかん》と原爆《げんばく》ドームを結ぶ一直線上に原爆死没者《げんばくしぼっしゃ》慰霊碑《いれいひ》が設置《せっち》されている。資料館《しりょうかん》を背《せ》にして慰霊碑《いれいひ》の前に立つと、真正面に原爆《げんばく》ドームが見える。

《安らかに眠《ねむ》って下さい　過《あやま》ちは繰返《くりかえ》しませぬから》

こう刻《きざ》まれた碑《ひ》の下の石室には、原爆《げんばく》で亡《な》くなった人たちすべての名前を記した原爆死没者名簿《げんばくしぼっしゃめいぼ》*13が納《おさ》められている。

資料館《しりょうかん》に出勤《しゅっきん》する前、必ずここに立《た》ち寄《よ》り、慰霊碑《いれいひ》の前で頭《こうべ》をたれて手を合わせることが、長岡《ながおか》の長年の日課となっていた。

資料館《しりょうかん》と原爆《げんばく》ドームを結ぶ一直線上に原爆死没者慰霊碑《げんばくしぼつしゃいれいひ》がある。《安らかに眠《ねむ》って下さい　過《あやま》ちは繰返《くりかえ》しませぬから》と刻《きざ》まれた碑《ひ》の下の石室には、原爆《げんばく》で亡《な》くなった人たちすべての名前を記した原爆死《げんばくし》没者名簿《ぼつしゃめいぼ》が納《おさ》められている。長岡《ながおか》は、毎日、資料館《しりょうかん》に出勤《しゅっきん》する前、必ずここに立《た》ち寄《よ》り、手を合わせていた。

最後まで貫《つらぬ》いた信念

一九六二（昭和三七）年一月三一日、長岡《ながおか》はおよそ六年半務《つと》めた館長の職《しょく》を辞することになった。

健康上の問題が大きな理由だった。

原爆症《げんばくしょう》のせいか、体がだるかった。これまで、揺《ゆ》るぎのない信念を持って精力《せいりょく》的《てき》に活動してきた長岡《ながおか》だったが、実は、何度か体調を崩《くず》して入院を余儀《よぎ》なくされたこともあった。

長岡《ながおか》の体は限界《げんかい》に近づいていたのかもしれない。

「わしが辞《や》めたら資料館《しりょうかん》の様子も多少は変わるじゃろう。じゃけど、ここに展示《てんじ》してあるもんは、ただの焼けたびんとか瓦《かわら》じゃのうて、原爆《げんばく》の恐怖《きょうふ》を伝える〝ヒロシマの遺品《いひん》〟として見て欲《ほ》しい。」

こう言い残し、長岡《ながおか》は自ら集めた被爆資料《ひばくしりょう》およそ一五〇〇点を館に寄贈《きぞう》して資《し》料館《りょうかん》を去っていった。

資料館《しりょうかん》から離《はな》れても、長岡《ながおか》の、原爆《げんばく》研究への情熱《じょうねつ》は衰《おとろ》えることがなかった。焼け野原の市内を歩き回って石や瓦《かわら》を集めていた時代、長岡《ながおか》は金属《きんぞく》には見向きもしなかった。ところが、館長時代から、その金属《きんぞく》に興味《きょうみ》を持ち始めるようになっていた。原爆《げんばく》をあびた鉄筋《てっきん》には、ほんの少しのコバルト60という放射性物質《ほうしゃせいぶっしつ》が残っていることがある。それを検出《けんしゅつ》するためだ。

金属《きんぞく》（鉄筋類《てっきんるい》）からこのコバルト60を検出《けんしゅつ》して、当時の放射線量《ほうしゃせんりょう》を計算する。この作業を積み重ねていくことで、広島があびた放射線《ほうしゃせん》の正確《せいかく》な量を求めようとしていたのだ。

「コバルト60の放射線量《ほうしゃせんりょう》の測定《そくてい》は一生の仕事として死ぬまでやるつもりだ。」

そう明言し、引退後《いんたいご》も、ビルの解体現場《かいたいげんば》に足を運ぶなどして、長岡《ながおか》は、被爆《ひばく》鉄材の収集《しゅうしゅう》や分析《ぶんせき》を続けていた。また、嘱託《しょくたく》としてＡＢＣＣに出入りし、調査《ちょうさ》の協力をあおいだり、逆《ぎゃく》に、貴重《きちょう》なデータを提供《ていきょう》したりするなどしていた。生涯《しょうがい》、原爆《げんばく》の研究に関わっていたいという思いがあったのだろう。

だが、晩年《ばんねん》は吐血《とけつ》を繰《く》り返《かえ》すなどして、長岡《ながおか》の健康状態《じょうたい》はさらに悪化する。そのため、かつてのように屋外を歩き回って被爆資料《ひばくしりょう》の調査《ちょうさ》や分析《ぶんせき》をすることはできなくなった。そのかわりに、趣味《しゅみ》の陶芸《とうげい》に打《う》ち込《こ》み、つくった陶器《とうき》を嫁《とつ》いだ娘《むすめ》や孫のところに持って行き、雑談《ざつだん》して帰るようなことも増《ふ》えていた。

はた目には、とても穏《おだ》やかな隠居《いんきょ》生活を送っているようにも見えた。しかし、彼《かれ》の心のうちにある、確《かく》たる信念は生き続けていた。

現役《げんえき》時代、長岡《ながおか》はあくまで〝実物〟にこだわっていた。高熱で溶《と》けたガラス、人骨《じんこつ》が焼きついた瓦《かわら》、石段《いしだん》に残った人影《ひとかげ》、血のしみあとがついたボロボロの衣類……。

こうした「〝実物〟には、あの日、何があったかを訴《うった》える力がある」というのが、長岡《ながおか》の、絶対《ぜったい》に譲《ゆず》ることのできない持論《じろん》だった。

だからこそ、長年をかけてコツコツと被爆資料《ひばくしりょう》や遺品《いひん》を集め、資料館《しりょうかん》に展示《てんじ》し、
多くの人に見てもらおうとした――。

ところが、長岡《ながおか》が退職《たいしょく》してからちょうど一〇年後の一九七二（昭和四七）年、資《し》料館《りょうかん》に*14〝被爆再現人形《ひばくさいげんにんぎょう》〟が展示《てんじ》されるという話が持ち上がる。

長岡《ながおか》の館長時代から、資料館《しりょうかん》にはマネキン人形の展示《てんじ》はあった。そのマネキンには、血のしみや焼《や》け焦《こ》げたあとが残る衣類が着せられていた。

素朴《そぼく》な展示《てんじ》ではあったが、見る者を引きつけ、原爆《げんばく》の恐《おそ》ろしさを訴《うった》える力を持っていたのだが……。

これをもっとリアルに――という発想で、市は、被爆《ひばく》直後の人の姿《すがた》をろう人形で再現《さいげん》した展示《てんじ》の計画を打ち出したのだ。

ひどいやけどで両手の皮が垂《た》れ下《さ》がっているなどして、街中を逃《に》げまどう人。

そんな姿《すがた》をろう人形で見せようというのだ。

「加工品はいかん。どんなにリアルなもんでも、あくまでそれはつくりものじゃ。

世界の人は、模造《もぞう》じゃのうて、被爆資料《ひばくしりょう》そのものを見に来るんじゃ。」

この人形の展示《てんじ》計画については世間でも賛否両論《さんぴりょうろん》あって物議をかもしたが、長《なが》岡《おか》は、真っ向から反対の立場を取っていた。

だが、それから間もなくして病床《びょうしょう》に臥《ふ》し、一九七三（昭和四八）年二月一日、被《ひ》爆再現《ばくさいげん》人形展示《てんじ》計画の行く末を見届《みとど》けることなく、七一歳《さい》でこの世を去った。

資料館《しりょうかん》に被爆再現《ひばくさいげん》人形が登場したのは、長岡《ながおか》が亡《な》くなった年の夏のことだった。

*1 **原子力平和利用**……それまで原子力の技術《ぎじゅつ》は、広島や長崎《ながさき》に落とされたような原子爆弾《ばくだん》や、その後、大国の間で開発が進められていた水素爆弾《すいそばくだん》といった兵器（核兵器《かくへいき》）にのみ利用されていた。核兵器《かくへいき》は、核分裂《かくぶんれつ》のときに発生する巨大《きょだい》なエネルギーで目的の場所を破壊《はかい》しようとするものだが、この同じ技術《ぎじゅつ》を、発電（原子力発電）や医《い》療《りょう》などに役立てようというのが、原子力の平和利用という考え方だ。

*2 **新しい方針《ほうしん》**……平和記念資料館《しりょうかん》が開館する二年前の一九五三年、アメリカのアイゼンハワー大統領《だいとうりょう》は、国連で〝原子力（核《かく》）の平和利用〟という新しい方針《ほうしん》を表明していた。

*3 **ソ連**……ソビエト社会主義《しゅぎ》共和国連邦《れんぼう》の略称《りゃくしょう》。一九二二年から一九九一年までユーラシア大陸に六九年間存在《そんざい》した巨大《きょだい》国家。首都はモスクワに置かれていた。

*4 **死の灰《はい》**……核兵器《かくへいき》の爆発《ばくはつ》のときに生じる、放射性物質《ほうしゃせいぶっしつ》を含《ふく》んだチリのこと。このチリは広域《こういき》に放射能汚染《ほうしゃのうおせん》を引き起こす。

*5 **広島城《じょう》**……原爆《げんばく》によって天守閣《てんしゅかく》は倒壊《とうかい》し、石垣《いしがき》だけが残っていたが、一九五八（昭和三三）年に広島復興《ふっこう》大博覧《はくらん》会《かい》が計画され、復興《ふっこう》のシンボルとして天守閣《てんしゅかく》が復元《ふくげん》された。

*6 **ケロイド**……やけどや切《き》り傷《きず》などのあと、皮膚《ひふ》の線維《せんい》組織《そしき》が増殖《ぞうしょく》し、赤く盛《も》り上《あ》がった状態《じょうたい》のこと。原爆《げんばく》でひどいやけどを負った人たちは、このケロイドに苦しんだ。

*7 **喧伝《けんでん》**……盛《さか》んに言いはやして、世間に広く知らせること。

*8 **一四万もの人たち**……爆心地《ばくしんち》から一・二キロメートルでは、その日のうちにほぼ五〇％が死亡《しぼう》、それよりも爆心《ばくしん》地《ち》に近い地域《ちいき》では八〇～一〇〇％が死亡《しぼう》したと推定《すいてい》されているが、原爆《げんばく》によって死亡《しぼう》した人の総数《そうすう》は、現在《げんざい》でも正確《せいかく》にはわかっていない。一九四五（昭和二〇）年一二月末までに、およそ一四万人が亡《な》くなったと推定《すいてい》されている。もちろん、その後に放射線《ほうしゃせん》の影響《えいきょう》でがんなどを発症《はっしょう》して亡《な》くなった人も大勢《おおぜい》いる。

*9 **チェ・ゲバラ**……アルゼンチン出身の政治家《せいじか》、革命家《かくめいか》（一九二八―一九六七年）。フィデル・カストロとともにキューバ革命《かくめい》の指揮《しき》を取り、新しいキューバの指導者《しどうしゃ》のひとりになる。革命《かくめい》直後の一九五九（昭和三四）年七月、キューバ親善使節団《しんぜんしせつだん》の団長《だんちょう》として来日し、本人の強い希望で、予定になかった広島を電撃訪問《でんげきほうもん》した。

*10 **学徒勤労《きんろう》動員**……日本国内の深刻《しんこく》な労働不足を補《おぎな》うため、第二次世界大戦末期から、生徒や学生が軍需《ぐんじゅ》産業や食《しょく》糧《りょう》　生産などの労働に強制的《きょうせいてき》に動員されたこと。学徒動員ともいう。

＊11
デモ活動……特定の意思や主張《しゅちょう》を持った人が集まり、集団《しゅうだん》でそれらの意思や主張《しゅちょう》をアピールする行為《こうい》のこと。

＊12
シュプレヒコール……デモや集会などで、参加者が、その主張《しゅちょう》や思想をいっせいに叫《さけ》ぶこと。

＊13
原爆死没者名簿《げんばくしぼつしゃめいぼ》……広島市では、一九五二（昭和二七）年より、被爆《ひばく》して亡《な》くなった人の氏名、死没《しぼつ》年月日、死没《しぼつ》時の年齢《ねんれい》を名簿《めいぼ》に登録し、原爆死没者慰霊碑《げんばくしぼつしゃいれいひ》に奉納《ほうのう》している。毎年、八月六日の原爆《げんばく》記念日に、一年間で新たに亡《な》くなった人を書き加えており、二〇一七（平成二九）年八月六日奉納《ほうのう》時で記帳されている人の数は、三〇万八七二五人。

＊14
被爆再現《ひばくさいげん》人形……やけどで皮膚《ひふ》が垂《た》れ下《さ》がる両腕《りょううで》を突《つ》き出《だ》した親子が燃《も》え盛《さか》る街を歩いている――という被爆《ひばく》直後の状況《じょうきょう》を再現《さいげん》した等身大の人形。一九七三（昭和四八）年からロウでつくられた初代の人形が、一九九一（平成三）年からはプラスチック製《せい》の二代目が展示《てんじ》され、来館者にインパクトを与《あた》えてきた。しかし、二〇一七（平成二九）年四月、資料館《しりょうかん》本館が改装《かいそう》のために閉館《へいかん》、同時に人形も姿《すがた》を消した。

ヒロシマを訪《おとず》れた著名人《ちょめいじん》が残した言葉

ヒロシマには、世界中からたくさんの著名人《ちょめいじん》が訪《おとず》れ、それぞれが、それぞれの思いを残している。以下、代表的な人の言葉を紹介《しょうかい》しよう。

「私《わたし》は『ヒロシマを学べ』と世界に訴《うった》える。」(1957年／インド初代首相《しゅしょう》／ジャワハラル・ネール)

「平和のために断固《だんこ》として闘《たたか》うには、ここ(広島)を訪《おとず》れるのがよいと思います。」(1959年／キューバ革命《かくめい》の指導者《しどうしゃ》／チェ・ゲバラ)

「私《わたし》はあなたがたを戦争の犠牲者《ぎせいしゃ》と考えたくない。あなたがたは『平和の殉教者《じゅんきょうしゃ》』です。だから、みなさんの苦しみは、誇《ほこ》りある苦しみだと言えます。」(1966年／フランスの哲学者《てつがくしゃ》／ジャン＝ポール・サルトル)

「ヒロシマを考えることは、核戦争《かくせんそう》を拒否《きょひ》することです。ヒロシマを考えることは、平和に対しての責任《せきにん》を取ることです。」(1981年／ローマ教皇《きょうこう》／ヨハネ・パウロ２世)

「核兵器《かくへいき》がつくられている以上、同じ惨禍《さんか》が起きることが心配です。」(1984年／カトリック修道女《しゅうどうじょ》／マザー・テレサ)

「ヒロシマという不死鳥は、人間が持つバイタリティーの象徴《しょうちょう》と言える。」(1985年／ピューリッツア賞作家／ジョン・ハーシー)

「胸《むね》が締《し》めつけられる。世界の運命に関わる人々は、みんなここを訪《おとず》れるべきだ。」(1990年／ロシア連邦《れんぽう》初代大統領《だいとうりょう》／ボリス・エリツィン)

「人類は、このヒロシマの苦しんだ経験《けいけん》を繰《く》り返《かえ》してはならない。」(2003年／キューバ共和国初代国家評議会《ひょうぎかい》議長／フィデル・カストロ)

「ヒロシマ・ナガサキの心は広がっている。だが、世界中に届《とど》けるには今後も努力が必要だ。」(2010年／チベット仏教《ぶっきょう》最高位者／ダライ・ラマ14世)

「科学者が悲惨《ひさん》な結果を招《まね》くと知りながら、原爆《げんばく》が落とされ、心が痛《いた》みます。」(2016年／ウルグアイ第40代大統領《だいとうりょう》／ホセ・ムヒカ)

「ここに来た理由、そして、この資料館《しりょうかん》の視察《しさつ》から得たものとは、過去《かこ》の教訓を、将来《しょうらい》および現在《げんざい》に生かすことが、いかに重要であるかということだ。」(2016年／アメリカ合衆国《がっしゅうこく》第68代国務《こくむ》長官／ジョン・ケリー)

「ヒロシマとナガサキは、『核戦争《かくせんそう》の夜明け』ではなく、我々《われわれ》自身の道徳《どうとく》的《てき》な目覚めの始まりであるべきだ。」(2016年／アメリカ合衆国《がっしゅうこく》第44代《だい》大統領《とうりょう》／バラク・オバマ)

2016（平成28）年5月27日、オバマ大統領《だいとうりょう》（当時）は、アメリカの現役大統領《げんえきだいとうりょう》として初めて広島を訪問《ほうもん》し、資料館《しりょうかん》も見学した。そして、資料館《しりょうかん》の芳名録《ほうめいろく》にメッセージと名前を記した際《さい》、折《お》り鶴《つる》を添《そ》えた。安倍晋三首相《あべしんぞうしゅしょう》が「誰《だれ》が折ったのか」と聞くと、「少し手伝ってもらったが自分で折った」と答えたという。その折《お》り鶴《づる》は今、資料館《しりょうかん》に収《おさ》められている。

エピローグ

広島平和記念資料館《しりょうかん》は、開館してから今日まで、たくさんの人を迎《むか》え入《い》れてきた。一九七一（昭和四六）年度には年間の入館者が初めて一〇〇万人を超《こ》え、二〇一七（平成二九）年度には一六八万九二三三人が訪《おとず》れた。一九五五（昭和三〇）年の開館から二〇一七（平成二九）年度末までの入館者の総数《そうすう》は、七〇七五万二四二二人にものぼる。

〝平和都市ヒロシマ〟の顔として、これほど多くの人が訪《おとず》れるようになることを、資料館《しりょうかん》の生みの親――長岡省吾《ながおかしょうご》――は想像《そうぞう》しただろうか。

研究者としての原爆《げんばく》に対する探究心《たんきゅうしん》。そして、この世の地獄《じごく》を目《ま》の当《あ》たりにして生じた憤怒《ふんど》の念。

それらを原動力に、長岡《ながおか》は、荒野《こうや》を歩き回って資料《しりょう》をひとつ、ひとつ集めていった。その地道な努力があったからこそ、平和記念資料館《しりょうかん》の誕生《たんじょう》があったのだ。

長岡《ながおか》は、間違《まちが》いなく、資料館《しりょうかん》の生みの親である。

核《かく》の平和利用の展示《てんじ》を押《お》しつけられたり、美術館《びじゅつかん》に転用する話が持ち上がったり。途中《とちゅう》、資料館《しりょうかん》の存続《そんぞく》が危《あや》ぶまれるような出来事もあった。被爆資料《ひばくしりょう》の重要性《じゅうようせい》にいち早く気づき、これらの資料《しりょう》によって原爆被害《げんばくひがい》の実態《じったい》を明らかにしようとしていた長岡《ながおか》は、そのたび、ひとり立ち向かった。

結果、人類の悲劇《ひげき》を伝える場所として資料館《しりょうかん》は残り、今につながっている。

「この人の存在《そんざい》がなかったら、今の資料館《しりょうかん》はない。」

長岡《ながおか》の足跡《そくせき》を知る人々は、口を揃《そろ》えてこう言い切る。

しかし、今、長岡《ながおか》のことを知る人はあまりにも少ない。

長岡《ながおか》が去ったあとの資料館《しりょうかん》では、案内パンフレットを始め、館内のどこにもその名前を見ることはなくなった。

月日が経《た》ち、長岡省吾《ながおかしょうご》という男が存在《そんざい》していたことを、この人が資料館《しりょうかん》の生みの親だということを、知る人は、現在《げんざい》、ほとんどいない。

※現在では不適切な言葉とされていますが、時代背景を鑑み、当時の表現をそのまま記載させていただきます。

だが、どうなのだろうか。反対していた被爆再現《ひばくさいげん》人形が没後《ぼつご》に展示《てんじ》されたことに対しては、ひょっとしたら長岡《ながおか》はあの世で嘆《なげ》いたかもしれない。だが、自分の名前が知られていないことに関しては……。

《生命とかえてでも、被爆《ひばく》の実態《じったい》を世界に伝える》

長岡省吾《ながおかしょうご》は、これにすべてをかけた、生涯無私《しょうがいむし》の人だった。

自分の功績《こうせき》を後世にアピールしたいなどと考えたことはなかっただろう。それより何より、世界中の人に原爆《げんばく》の悲劇《ひげき》を伝えることが、彼《かれ》の本望《ほんもう》だった。その意味では、長岡《ながおか》は、自分の思いを叶《かな》えたのではないか。

資料館《しりょうかん》に長岡《ながおか》の名前は見つからない。

だが、長岡《ながおか》の館長時代も今も、この資料館《しりょうかん》が、世界の人々に核兵器《かくへいき》の恐怖《きょうふ》や非《ひ》人道性《じんどうせい》を伝え、「ノーモア・ヒロシマ」を訴《うった》える場所であることに変わりはない。

《偉大《いだい》なバタ屋※》

長岡《ながおか》が館長を退《しりぞ》いたとき、ある新聞は、彼《かれ》のことをこう表現《ひょうげん》して称賛《しょうさん》した。〝バタ屋〟というのは、廃品回収《はいひんかいしゅう》業者のことだが、長岡《ながおか》は、被爆資料《ひばくしりょう》をただ単に集めただけではなく、科学者として、地道な調査《ちょうさ》や研究もずっと続けていた。

一九四五（昭和二〇）年九月、国は、医学や物理、化学などあらゆる分野から日本を代表する研究者を集め、広島と長崎《ながさき》へ送《おく》り込《こ》む原爆調査団《げんばくちょうさだん》を立ち上げた。地質学《ちしつがく》の分野では五人が選出されたが、広島の被爆状況《ひばくじょうきょう》を知り尽《つ》くす重要な人材として、長岡《ながおか》もそのうちのひとりに選ばれている。

このときに得た、長岡《ながおか》らの原爆被害調査《げんばくひがいちょうさ》の結果は、アメリカ・ワシントンの原子力委員会にも貴重《きちょう》な学術《がくじゅつ》研究として報告《ほうこく》された。また、表面がぶつぶつの泡状《あわじょう》になった瓦《かわら》や、やはり表面が溶《と》けてガラス化した玉砂利《たまじゃり》など、このとき長岡《ながおか》ら調査《ちょうさ》団《だん》が被爆地《ひばくち》で採取《さいしゅ》した資料《しりょう》の一部が、今でも東京大学に保管《ほかん》されている。これらの被爆資料《ひばくしりょう》は、研究の材料として永遠《えいえん》に保存《ほぞん》しておく価値《かち》のあるものだという。

長岡《ながおか》は、この公《おおやけ》の調査《ちょうさ》が終わっても、地道な調査《ちょうさ》を続けていた。

例えば、原爆《げんばく》の熱線をあびた墓石《はかいし》や門柱、コンクリートの建物などを求めて市内を歩き回り、何千か所という地点で、熱線で焼きついた影《かげ》を測定《そくてい》、その方向と角度をすべて地図に落《お》とし込《こ》むという作業。

気の遠くなるような地道で細かな作業だが、この長岡《ながおか》の努力によって、それまで原爆《げんばく》ドームの真上とされていた爆心《ばくしん》は、そこから約一五〇メートル南東寄《よ》り、広島市細工町《さいくまち》二九番地（現在《げんざい》の大手町《おおてまち》一丁目）、島《しま》病院（現在《げんざい》の島《しま》内科医院）の上空*1五七〇メートルの地点であることが、科学的に立証《りっしょう》された。

さらに、長崎《ながさき》でも同じような調査《ちょうさ》を続け、ここでの爆心《ばくしん》は、松山町《まつやままち》の上空、地上五〇〇メートルであることも発表している。

長岡《ながおか》は、爆心地《ばくしんち》の特定に大きく貢献《こうけん》したということだ。

原爆《げんばく》投下の翌日《よくじつ》に広島市に入って残留放射能《ざんりゅうほうしゃのう》をあびてしまったせいで、原爆症《げんばくしょう》をわずらっていた長岡《ながおか》。体調を崩《くず》して何度か入院もしている。

それでも、広島市内はもちろん、長崎《ながさき》でも精力的《せいりょくてき》に歩き回って被爆資料《ひばくしりょう》や遺品《いひん》を集め、その保存《ほぞん》に尽力《じんりょく》し、やはり自分の足を使って数々の調査《ちょうさ》や研究を行った。また、平和記念資料館《しりょうかん》の初代館長として館の運営《うんえい》に携《たずさ》わり、ときには海外からの要人を始めとする来館者を案内し、館の存続《そんぞく》が危《あや》ぶまれるようなことがあると、当局に抗議《こうぎ》するなどして闘《たたか》った――。

圧倒《あっとう》されるほどのバイタリティ。

《原爆《げんばく》の悲劇《ひげき》を伝えるのが自分の使命》

病弱な体であったにもかかわらず、長岡《ながおか》が精力的《せいりょくてき》に活動できたのは、この強い思いに支《ささ》えられていたからだ。そして彼《かれ》は、その生涯《しょうがい》を被爆《ひばく》の街に捧《ささ》げたのである。

二〇一五（平成二七）年春、空き家になっている長岡《ながおか》の自宅《じたく》の屋根裏《やねうら》などから膨《ぼう》大《だい》な資料《しりょう》が発見された。館長時代、集めた資料《しりょう》の多くは館に置いていて、引退《いんたい》する際《さい》、すべて寄贈《きぞう》したと思われていたが、長岡《ながおか》は、およそ一万一八九〇点もの資料《しりょう》を手元に残していたのだ。

見つかったのは、熱線のあとが残る瓦《かわら》や竹などの実物資料《しりょう》約六一〇点、被爆《ひばく》直後の市民や街の無残な光景を写した写真のプリントとフィルム約八三七〇点、原爆《げんばく》の爆発《ばくはつ》地点の測定《そくてい》や、被爆《ひばく》ビルの鉄骨《てっこつ》などからコバルト60を検出《けんしゅつ》して各地点の放射《ほうしゃ》線《せん》量を算出した調査《ちょうさ》資料《しりょう》約一二三〇点など。

広島市内の各町と学校、郊外《こうがい》の町村の「原爆被災生存《げんばくひさいせいぞん》・死没者《しぼつしゃ》調査名簿《ちょうさめいぼ》」もあった。ＡＢＣＣからの依頼《いらい》で、一九四八（昭和二三）年頃《ごろ》から役場や学校を訪《たず》ねて写し取り、およそ五万六〇〇〇人分をまとめたものだ。被爆《ひばく》から数年後の早い段階《だんかい》で、誰《だれ》もが食べていくことだけに一生懸命《いっしょうけんめい》だった時代に、ここまでの労力を注いだ人がほかにどれだけいるだろう……。

新たに発見された品々は、遺族《いぞく》によって、すべて資料館《しりょうかん》に寄贈《きぞう》された。「今後の資料館《しりょうかん》に役立てて欲《ほ》しい」との思いに加え、「原爆《げんばく》の資料《しりょう》収集《しゅうしゅう》と研究を貫《つらぬ》いた男の足跡《そくせき》も知って欲《ほ》しい」という願いを込《こ》めて。

寄贈《きぞう》された資料《しりょう》の整理・調査《ちょうさ》・分析《ぶんせき》には、資料館《しりょうかん》の学芸員六人が当たった。長《なが》岡《おか》がたったひとりで集めたものに六人もの人間が携《たずさ》わる……。どれだけ膨大《ぼうだい》な量の資料《しりょう》が残されていたか、を改めて思い知らされる。

それらは、長岡《ながおか》の汗《あせ》と涙《なみだ》と執念《しゅうねん》の結晶《けっしょう》だ。

広島平和記念資料館《しりょうかん》は、世界でも数少ない、負の遺産《いさん》を展示《てんじ》した博物館だ。一九五五（昭和三〇）年の開館から六〇年余《よ》、長岡《ながおか》を含《ふく》めて一二人（二〇一八年七月現在《げんざい》）の館長が資料館《しりょうかん》を守ってきた。途中《とちゅう》、何度かの大きな改修《かいしゅう》工事も行われ、展示《てんじ》の方法や展示物《てんじぶつ》に多少の変化はあったが、長岡《ながおか》の思いは、しっかりと受《う》け継《つ》がれてきた。

平和記念資料館《しりょうかん》が、あの日、きのこ雲の下で起きた惨状《さんじょう》を来館者に伝える場所であることは、長岡《ながおか》が館長を務《つと》めていた時代から、変わりはない。来館者は、展示《てんじ》された資料《しりょう》を見て、原爆《げんばく》のむごさを突《つ》きつけられ、戦争の愚《おろ》かさ、悲しさを思い、そして、平和の尊《とうと》さを痛感《つうかん》する。

今後の資料館《しりょうかん》は、原爆《げんばく》の非人道性《ひじんどうせい》、原爆被害《げんばくひがい》の甚大《じんだい》さ、悲惨《ひさん》さ、被爆者《ひばくしゃ》や遺族《いぞく》の苦しみ、悲しみなどを、これまで以上に伝えていく方針《ほうしん》だ。さまざまな展示《てんじ》によって「一九四五年八月六日、広島で何が起きたか」を〝被爆者《ひばくしゃ》の視点《してん》〟で描《えが》き、また、来館者が、遺品《いひん》のひとつひとつと向き合い、犠牲者《ぎせいしゃ》の無念さを感じ取れるような環《かん》境《きょう》をつくる展示《てんじ》も模索《もさく》されている。

長岡省吾《ながおかしょうご》が残した資料《しりょう》は、その確《たし》かな礎《いしずえ》になるはずだ。

《人類の歴史に刻《きざ》まれた〝悪魔《あくま》の刻印《こくいん》〟を忠実《ちゅうじつ》に後世へ伝えること》

半生を被爆資料《ひばくしりょう》の収集《しゅうしゅう》にかけた男の信念は、これから先もずっと、永遠《えいえん》に、広島平和記念資料館《しりょうかん》に受《う》け継《つ》がれていく――。

*1 **五七〇メートル**……長岡《ながおか》は爆心《ばくしん》点五七〇メートルと推定《すいてい》した。一方では五八〇メートルの説もあったが、二〇〇二（平成一四）年、広島市にある放射線影響《ほうしゃせんえいきょう》研究所は、「爆発《ばくはつ》高度は六〇〇メートルに変更《へんこう》したほうが、より正確《せいかく》」という調査《ちょうさ》結果を発表。今では、広くその数字が採用《さいよう》されている。

参考文献・映像（順不同）

報道特別番組『ヒロシマを遺した男～原爆資料館　誕生秘話～』（テレビ新広島）
『広島県大百科事典』（中国新聞社）
『原爆と広島大学　生死の火』広島大学原爆死没者慰霊行事委員会（広島大学出版会）
『ヒロシマ読本』小堺吉光（広島平和文化センター）
『広島平和記念資料館　学習ハンドブック』（広島平和記念資料館）
『世界の著名人が伝えていた　ヒロシマからの言葉』佐藤美由紀（双葉社）
『被爆50周年　図説戦後広島市史　街と暮らしの50年』被爆50周年記念史編修研究会編（広島市総務局公文書館）
『広島原爆戦災誌　全5巻』（広島市）
『ヒロシマ爆心地―生と死の40年』NHK広島局・原爆プロジェクト・チーム（日本放送出版協会）
『図録　ヒロシマを世界に』（広島平和記念資料館）
『被爆50年写真集　ヒロシマの記録』（中国新聞社）
『石の記憶　ヒロシマ・ナガサキ』田賀井篤平（智書房）
『父と暮せば』井上ひさし（新潮文庫）
『大日本帝国の興亡5　平和への道』ジョン・トーランド（早川書房）
『灰墟の光　甦えるヒロシマ』ロベルト・ユンク（文藝春秋新社）
『きみはヒロシマを見たか　広島原爆資料館』高橋昭博、NHK取材班（日本放送出版協会）
『ヒロシマ　いのちの伝言』高橋昭博（平凡社）
『ヒロシマ〔増補版〕』ジョン・ハーシー（法政大学出版局）
『広島原爆の初期調査で収集された被爆岩石資料とその原爆放射線研究への利用』静間清、佐藤大規（広島大学総合博物館）
『年表ヒロシマ　核時代50年の記録』（中国新聞社）
『HIROSHIMA』長岡省吾
『原爆市長―ヒロシマとともに二十年』浜井信三（朝日新聞社）
『死の内の生命―ヒロシマの生存者』ロバート・J・リフトン（朝日新聞社）
『爆心　中島の生と死』朝日新聞広島支局（朝日新聞社）
『廃虚の中に立ち上がる　平和記念資料館とヒロシマの歩み』（広島平和記念資料館）
『広島新史　市民生活編』（広島市）
『広島新史　社会編』（広島市）
『広島電鉄開業100年創立70年史』（広島電鉄）
『人文學第二百号　長岡省吾による被爆資料の収集・公開・展示』越前俊也（同志社大学人文学会）
『ひろしま34号』（廣島鉄道局）
『アサヒグラフ　1961.8.11号』（朝日新聞社）
『すばる　2015年9月号』（集英社）
『世界　2011年8月号』（岩波書店）

協力（順不同　敬称略）

広島平和記念資料館
学芸課
志賀賢治（館長）

広島大学総合博物館

広島市立中央図書館
広島資料室

公益財団法人 放射線影響研究所

長岡錬二

畑口　實

北川建次

松本正毅

稲葉耕三

河村祐子

西本雅実（中国新聞社記者）

著　佐藤真澄（さとう　ますみ）

広島県福山市出身。ノンフィクション作家、ライター。主な児童書執筆作に『小惑星探査機「はやぶさ」宇宙の旅』『ボニンアイランドの夏』（ともに汐文社）、『いのちをつなぐ犬 夢之丞物語』（静山社）がある。また、佐藤美由紀名義で、一般書も執筆。ベストセラーになった『世界でもっとも貧しい大統領　ホセ・ムヒカの言葉』ほか、『世界の著名人が伝えていたヒロシマからの言葉』『ゲバラのHIROSHIMA』『信念の女、ルシア・トポランスキー』（いずれも双葉社）などの著書がある。児童書、一般書ともに「ヒロシマ」をひとつの大切なテーマとして執筆活動を続けている。

装丁　古藤陽子

校正　谷田和夫

編集　門脇大

カバー写真　長岡省吾収集　広島平和記念資料館提供

ヒロシマをのこす 平和記念資料館をつくった人・長岡省吾

2018年7月　初版第1刷発行
2025年1月　初版第6刷発行

著　佐藤真澄
発行者　三谷　光
発行所　株式会社 汐文社
〒102-0071　東京都千代田区富士見1-6-1
TEL 03-6862-5200　FAX 03-6862-5202
https://www.choubunsha.com/
印刷　新星社西川印刷株式会社
製本　東京美術紙工協業組合

ISBN978-4-8113-2500-2　NDC916